URSULA K. LE GUIN
A CURVA DO SONHO

URSULA K. LE GUIN
A CURVA DO SONHO

Tradução
Heci Regina Candiani

Copyright © 1971 por Ursula K. Le Guin

Título original: THE LATHE OF HEAVEN

Direção editorial: VICTOR GOMES
Coordenação editorial: GIOVANA BOMENTRE
Tradução: HECI REGINA CANDIANI
Preparação: BÁRBARA PRINCE
Revisão: MELLORY FERRAZ
Design de capa e Projeto gráfico: PAULA CRUZ
Diagramação: GUSTAVO ABUMRAD

ESSA É UMA OBRA DE FICÇÃO. NOMES, PERSONAGENS, LUGARES, ORGANIZAÇÕES E SITUAÇÕES SÃO PRODUTOS DA IMAGINAÇÃO DO AUTOR OU USADOS COMO FICÇÃO. QUALQUER SEMELHANÇA COM FATOS REAIS É MERA COINCIDÊNCIA.

TODOS OS DIREITOS RESERVADOS. PROIBIDA A REPRODUÇÃO, NO TODO OU EM PARTES, ATRAVÉS DE QUAISQUER MEIOS. OS DIREITOS MORAIS DO AUTOR FORAM CONTEMPLADOS.

DADOS INTERNACIONAIS DE CATALOGAÇÃO NA PUBLICAÇÃO (CIP)

L521c Le Guin, Ursula K.
A curva do sonho / Ursula K. Le Guin; Tradução: Heci Regina Candiani. – São Paulo: Editora Morro Branco, 2019.
p. 224; 14x21cm.

ISBN: 978-85-92795-65-8

1. Literatura americana – Romance. 2. Ficção científica – Romance. I. Candiani, Heci Regina. II. Título.
CDD 813

TODOS OS DIREITOS DESTA EDIÇÃO RESERVADOS À:
EDITORA MORRO BRANCO
Alameda Santos, 1357, 8º andar
01419-908 – São Paulo, SP – Brasil
Telefone (11) 3373-8168
www.editoramorrobranco.com.br
Impresso no Brasil
2022

CAPÍTULO 1 6

CAPÍTULO 2 12

CAPÍTULO 3 36

CAPÍTULO 4 54

CAPÍTULO 5 66

CAPÍTULO 6 92

CAPÍTULO 7 112

CAPÍTULO 8 138

CAPÍTULO 9 154

CAPÍTULO 10 184

CAPÍTULO 11 214

1

Você e Confúcio são ambos sonhos, e eu, que digo que vocês são sonhos, sou eu mesmo um sonho. Isso é um paradoxo. Amanhã, um homem sábio poderá explicá-lo; esse amanhã não virá em dez mil gerações.

CHUANG TSE: II

LEVADA PELA CORRENTE, LANÇADA PELAS ONDAS, IMPELIDA pelo oceano com toda a força, a água-viva está à deriva nas profundezas marinhas. A luz a atravessa e a escuridão a penetra. Levada, lançada, impelida de lugar nenhum a lugar algum – pois no fundo do mar não há referência, apenas próximo ou distante, superior e inferior –, a água-viva flutua e oscila; suas pulsações internas são delicadas e rápidas nas ondas atraídas pela Lua em meio às enormes pulsações causadas pela rotação da Terra. Flutuando, oscilando, pulsando, a mais vulnerável e exígua das criaturas tem como proteção a violência e a força de todo o oceano, ao qual confiou sua existência, seu movimento e sua determinação.

Mas aqui se erguem os obstinados continentes. Os bancos de cascalho e as falésias rochosas irrompem da água para o ar, esse espaço exterior seco e terrível, de esplendor e instabilidade, onde a vida não tem sustentação. E neste momento, neste momento as correntes enganam e as ondas traem, rompendo seu ciclo infinito, para se lançarem, como espuma estrondosa, contra as rochas e o ar, rompendo...

O que a criatura feita das correntes marinhas fará na areia ressecada pela luz do dia; o que fará a mente, a cada manhã, ao acordar?

Suas pálpebras foram cauterizadas, para que ele não conseguisse fechar os olhos, e a luz entrou em seu cérebro, cáustica. Não conseguia virar a cabeça, porque blocos de concreto caídos o imobilizavam, e deles saíam vergalhões de aço que prendiam sua cabeça como uma morsa. Quando desapareceram, ele conseguiu se mexer novamente; sentou-se. Estava nos degraus de cimento; um dente-de-leão florescia ao lado de sua mão, crescendo em uma pequena rachadura nos degraus. Depois de algum tempo, ele se levantou, mas assim que ficou em pé, sentiu-se mal, como se fosse morrer, e soube que era o envenenamento pela radiação. A porta estava a apenas dois passos de distância, porque a cama de ar, quando inflada, preenchia metade do quarto. Ele chegou até a porta e a abriu, transpondo-a. O corredor de linóleo, interminável, se estendia ali, por quilômetros, ondulante, e longe, muito longe, ficava o banheiro masculino. Começou a caminhar até lá, tentando segurar na parede, mas não havia nada em que se segurar e a parede se transformou em chão.

— Agora, calma. Vá com calma.

O rosto do vigia do elevador pendia acima dele como uma lanterna de papel, pálido, adornado por cabelos brancos.

— É a radiação — ele disse.

Mas Mannie pareceu não entender, respondendo apenas:

— Vá com calma.

Ele voltou para a cama em seu quarto.

— Você está bêbado?

— Não.

— Usou alguma droga?

— Estou passando mal.

— O que você está tomando?

— Não consegui achar o encaixe — ele falou, querendo dizer que esteve tentando trancar a porta por onde os sonhos vinham, mas que nenhuma das chaves encaixara na fechadura.

— O paramédico está vindo do 15º andar — Mannie disse, em tom baixo em meio ao rugido da arrebentação das ondas.

Ele estava se debatendo e tentando respirar. Um estranho se sentava em sua cama, segurando uma injeção hipodérmica e olhando para ele.

— Foi isso — o estranho disse. — Ele está recuperando os sentidos. A sensação é de estar no inferno? Fique calmo. Você deve se sentir no inferno. Tomou tudo isso de uma vez? — Mostrou sete pequenos envelopes recobertos em alumínio do armário de automedicação. — Péssima combinação, barbitúricos e anfetamina. O que você estava tentando fazer a si mesmo?

Era difícil respirar, mas o mal-estar tinha passado, deixando apenas uma fraqueza terrível.

— Todos estão datados desta semana — anunciou o paramédico, um homem jovem com rabo de cavalo e dentes tortos. — O que significa que não pegou tudo com seu próprio cartão farmacêutico, então tenho que denunciar você por pegar emprestado. Não gosto de fazer isso, mas fui chamado e não tenho escolha, entende? Mas não se preocupe, com essas drogas, não é crime. Você só receberá um aviso para se reportar à delegacia e vão mandá-lo à Faculdade de Medicina ou à clínica local para ser examinado, e então encaminhá-lo a um médico ou um psiquiatra para TTV, Tratamento Terapêutico Voluntário. Já preenchi um formulário a seu respeito, usei sua carteira de identidade; tudo o que preciso saber é: há quanto tempo está usando mais do que sua dose individual?

— Uns dois meses.

O paramédico rabisca um papel sobre as coxas.

— E de quem você pegou cartões farmacêuticos emprestados?

— Amigos.

— Preciso dos nomes. — Depois de algum tempo, o paramédico disse: — Um nome, pelo menos. Só formalidade. Não vai dar problema para eles. Olha, só serão repreendidos pela polícia e a controladoria do DESAS vai verificar os cartões farmacêuticos deles por um ano. Só formalidade. Um nome.

— Não posso. Eles estavam tentando me ajudar.

— Olha, se você não me der nomes, estará resistindo e será preso ou condenado à Terapia Obrigatória em uma instituição. De qualquer forma, eles podem rastrear os cartões pelos registros de automedicação, se quiserem, isto aqui só economiza o tempo deles. Vamos lá, apenas me dê um dos nomes.

Ele cobriu o rosto com os braços para evitar a iluminação insuportável e disse:

— Não posso. Não consigo fazer isso. Preciso de ajuda.

— Ele pegou meu cartão emprestado — o vigia dos elevadores disse. — É. Mannie Ahrens, 247-602-6023.

A caneta do paramédico rabiscava sem parar.

— Nunca usei seu cartão.

— Então, confunda os caras. Não vão conferir. As pessoas usam os cartões farmacêuticos das outras o tempo todo, eles não têm como conferir. Eu empresto o meu, e uso o de outro sujeito, o tempo todo. Tenho uma coleção dessas repreensões. Eles nem sabem. Já tomei coisas de que o DESAS nem *ouviu* falar. Nunca pegaram você antes. Fica frio, George.

— Não posso — ele falou, querendo dizer que não podia deixar Mannie mentir por ele, não podia impedi-lo de mentir por ele, não podia ficar frio, não podia continuar.

— Você vai se sentir melhor em duas ou três horas — o paramédico disse. — Mas fique em casa. De qualquer forma, tem um engarrafamento enorme no centro da cidade, os condutores da

CTM estão tentando outra paralisação e a Guarda Nacional está tentando operar a frota do metrô; o noticiário diz que virou uma tremenda bagunça. Fique quieto em casa. Preciso ir, vou a pé para o trabalho, droga, são dez minutos daqui, naquele complexo habitacional estatal lá em Macadam. — A cama sacudiu quando ele se levantou. — Sabia que tem 260 crianças naquele complexo sofrendo de kwashiorkor? Todas de famílias de baixa renda ou que recebem assistência básica e não estão comendo nenhuma proteína. E que raios eu posso fazer a respeito? Mandei cinco requisições de porções mínimas de proteína para aquelas crianças e nada chega, só vêm papelada e desculpas. Ficam me dizendo que as pessoas que recebem assistência básica podem comprar comida suficiente. Claro, mas e se não tem comida para comprar? Ah, dane-se. Vou aplicar injeções de vitamina C nas crianças e fingir que a inanição é escorbuto...

A porta se fechou. A cama balançou quando Mannie se sentou onde o paramédico estava. Sentia-se um cheiro fraco, adocicado, como o da grama recém-cortada. Na escuridão de um piscar de olhos, com uma névoa se erguendo à toda volta, a voz de Mannie diz, ao longe:

— Não é incrível estar vivo?

2

O portal de Deus é a não existência.

CHUANG TSE: XXIII

O CONSULTÓRIO DO DR. WILLIAM HABER não tinha vista para o monte Hood. Era uma sala interna no 63º andar da Willamette East Tower e não tinha vista alguma. Mas em uma das paredes sem janelas havia um grande mural com a fotografia do monte Hood e o dr. Haber o contemplava enquanto se intercomunicava com a recepcionista.

— Quem é esse tal de Orr que está subindo, Penny? O histérico com sintomas de hanseníase?

Ela estava a apenas um metro de distância, na sala ao lado, mas um interfone, assim como um diploma pendurado na parede, inspira confiança no paciente, tanto quanto no médico. E não é apropriado para um psiquiatra abrir a porta e gritar: "Próximo!".

— Não, doutor, esse aí é o sr. Greene, amanhã, às 10h. Este foi recomendado pelo dr. Walters da Faculdade de Medicina, um caso de TTV.

— Abuso de drogas. Certo. Estou com o prontuário aqui. Ok, quando ele chegar, mande-o entrar.

Enquanto falava, ele conseguia ouvir o rangido do elevador subindo e parando, as portas rangendo; então passos, hesitação, a porta de fora se abrindo. Agora que estava prestando atenção, também conseguia ouvir portas, máquinas de escrever, vozes e descargas nos escritórios de todo o corredor, e nos andares de cima e de baixo. O verdadeiro macete era aprender a não escutar nada disso. As únicas divisórias maciças que sobraram estavam dentro de sua cabeça.

Agora Penny estava realizando o procedimento de primeira consulta com o paciente e, enquanto esperava, o dr. Haber contemplou mais uma vez o mural e imaginou quando aquela fotografia fora tirada. Céu azul, neve dos pés ao topo do monte. Anos atrás, na década de 1960 ou 1970, com certeza. O efeito estufa fora bastante gradual e Haber, nascido em 1962, se lembrava claramente do céu azul de sua infância. Agora, a neve eterna tinha desaparecido de todas as montanhas do mundo, até do Everest, até do Érebo, com a garganta de fogo na costa descampada da Antártica. Mas, óbvio, eles poderiam ter colorido uma fotografia recente, falsificado o céu azul e o pico branco; não tinha como saber.

— Boa tarde, sr. Orr! — ele disse se levantando e sorrindo, mas sem estender a mão, porque muitos pacientes atualmente tinham grande aversão ao contato físico.

O paciente, hesitante, recolheu sua mão quase esticada, tocou seu colar com nervosismo e disse:

— Como vai.

O colar era a costumeira corrente longa de aço prateado. As roupas eram simples, típicas de quem trabalha em escritório; o corte de cabelo era conservador, na altura do ombro; a barba, curta. Cabelos e olhos claros, um homem baixo, frágil, bonito, um pouco mal alimentado, com boa saúde, entre 28 e 32 anos. Nada agressivo, sossegado, tímido, contido, convencional. O período mais valioso da relação com um paciente, Haber sempre dizia, eram os primeiros dez segundos.

— Sente-se, sr. Orr. Certo! Você fuma? Os de filtro marrom são tranquilizantes, os brancos são sem nicotina. — Orr não fumava. — Agora, vamos ver se entendemos sua situação. A controladoria do DESAS quer saber por que você vinha pegando os cartões farmacêuticos de seus amigos emprestados para conseguir mais rebite e remédios para dormir do que sua dose individual de automedicação. Está certo? Então, eles mandaram você para os caras lá de cima do monte, que recomendaram Tratamento Terapêutico Voluntário e o mandaram para fazer terapia comigo. Tudo correto?

Ele ouviu o próprio tom de voz, amigável, tranquilo, planejado para deixar a outra pessoa à vontade; mas aquele ali estava longe de ficar calmo. Piscava muitas vezes; sentado, sua postura era tensa, a posição de suas mãos era exageradamente formal: um retrato clássico de ansiedade reprimida. O paciente assentiu com um movimento de cabeça como se, ao mesmo tempo, estivesse engolindo em seco.

— Ok, ótimo. Até aí, nada fora do normal. Se você estivesse estocando seus remédios para vender a dependentes ou para usá-los em um assassinato, então estaria encrencado. Mas como simplesmente os tomou, sua punição não será pior do que algumas sessões comigo! Agora, óbvio, o que quero saber é *por que* os tomou, para que possamos descobrir juntos um estilo de vida melhor para você, que vá mantê-lo, em primeiro lugar, dentro dos limites de dosagem de seu cartão farmacêutico e talvez, em segundo, livrá-lo da dependência de qualquer droga de uma vez por todas. Agora, seu costume — por um instante, seus olhos se desviaram para o prontuário enviado pela Faculdade de Medicina — era tomar barbitúricos por algumas semanas, então, por algumas noites, passar para a dextroanfetamina e daí voltar para os barbitúricos. Como isso começou? Insônia?

— Eu durmo bem.

— Mas tem sonhos aflitivos.

O homem olhou para cima, assustado: um lampejo de terror explícito. Seria um caso simples. Ele não tinha defesas.

— Mais ou menos — ele disse, com a voz rouca.

— Para mim, foi um palpite fácil, sr. Orr. Eles costumam me mandar os sonhadores. — Abriu um sorriso para o homenzinho. — Sou especialista em sonhos. Literalmente. Um onirólogo. Sono e sonho são minha área. Certo, agora posso passar à próxima dedução, que é: você usou fenobarbitona para eliminar os sonhos, mas descobriu que, com o hábito, a droga tem um efeito supressivo cada vez menor até não fazer mais nenhum efeito. O mesmo com a dexedrina. Então, revezou entre eles. Certo?

O paciente assentiu com a cabeça, de modo frio.

— Por que seu período com dexedrina ficava sempre mais curto?

— Ela me deixava nervoso.

— Aposto que sim. E aquela última dose combinada que você tomou foi uma maravilha. Mas não particularmente perigosa. Mesmo assim, sr. Orr, está fazendo algo muito perigoso. — Ele fez uma pausa de efeito. — Está se privando dos sonhos.

O paciente assentiu outra vez.

— Tenta se privar de comida e água, sr. Orr? Tentou ficar sem ar nos últimos dias?

Ele manteve seu tom amistoso e o paciente conseguiu dar um sorriso breve e infeliz.

— Você sabe que precisa dormir. Como precisa de comida, água e ar. Mas percebeu que dormir não é suficiente, que seu corpo insiste com a mesma força em ter sua dose de sono com *sonho*? Se for sistematicamente privado de sonhos, seu cérebro vai fazer coisas muito esquisitas com você. Vai deixá-lo irritado, com fome, incapaz de se concentrar... Isso soa familiar? Não é só a dexedrina! Propenso a devaneios, inconstante no tempo de reação, esquecido, irresponsável e propenso a fantasias paranoicas. E, no fim, vai forçá-lo a sonhar, seja lá como for. Nenhum remédio disponível vai impedi-lo de sonhar, a menos que o mate. Por exemplo, o alcoolismo severo pode levar a uma condição chamada mielinólise pontina central, que é fatal; a causa é uma lesão na região inferior do cérebro resultante da falta de sonhos. Não da falta de sono! Da falta de um estado muito específico que se dá durante o sono, o estado de sonho, o sono REM, o estado D. Uma vez que você não é alcoólatra, nem está morto, sei que o que quer que tenha tomado para suspender seus sonhos só funcionou em parte. Portanto, você (*a*) está em más condições físicas pela privação parcial de sonhos e (*b*) está tentando passar por um beco sem saída. Agora, o que o fez entrar no beco sem saída? O medo dos sonhos, dos sonhos aflitivos, suponho, ou sonhos que você considera aflitivos. Consegue me contar algo sobre eles?

Orr hesitou.

Haber abriu a boca e a fechou de novo. Muitas vezes sabia o que os pacientes iam dizer e podia dizê-lo por eles melhor do que diriam por si mesmos. Mas o que importava era que dessem aquele passo. Não podia dá-lo por eles. E, afinal de contas, esta conversa era uma mera preliminar, um rito residual dos dias gloriosos da análise. Sua função era auxiliá-lo a decidir como deveria ajudar o paciente, se era necessário um reforço positivo ou negativo, o que ele deveria *fazer*.

— Não tenho mais pesadelos do que a maioria das pessoas, acho — Orr dizia, olhando para as mãos. — Nada especial. Tenho… medo de sonhar.

— De sonhar sonhos aflitivos.

— Qualquer sonho.

— Entendo. Você tem ideia de como esse medo começou? Ou de quê tem medo, o que deseja evitar?

Como Orr não respondeu de imediato, mas ficou sentado olhando para baixo, para as próprias mãos, quadradas, avermelhadas, pousadas imóveis sobre seu joelho, Haber provocou um pouco:

— É a irracionalidade, a desordem, algumas vezes a imoralidade dos sonhos, é algo assim que o deixa desconfortável?

— Sim, de certa forma. Mas por um motivo específico. Entende, aí... aí... eu...

Eis o ponto crucial, a chave, pensou Haber, também observando aquelas mãos tensas. Pobre coitado. Tem sonhos eróticos e complexo de culpa por causa deles. Enurese na infância, mãe compulsiva...

— É aqui que você para de acreditar em mim.

O camaradinha estava mais doente do que parecia.

— Um homem que lida com sonhos, tanto o sonhar acordado como dormindo, não se preocupa muito em acreditar e desacreditar, sr. Orr. Não são categorias que eu use muito. Não se aplicam. Então, ignore isso e continue. Estou interessado.

— Será que isso soara condescendente? Ele olhou para Orr a fim de ver se a afirmação tinha sido mal-interpretada e, por um instante, cruzou o olhar do homem. Olhos extraordinariamente belos, Haber pensou, e ficou surpreso porque beleza também não era uma categoria que ele usasse muito. As íris eram azuis e cinza, muito claras, quase transparentes. Por um instante, Haber se esqueceu e contemplou de novo aqueles olhos claros, esquivos; mas apenas por um instante, então a estranheza da experiência mal se fixou em sua mente consciente.

— Bem — Orr disse, falando com certa determinação —, tive sonhos que... que afetaram o... o mundo não onírico, o mundo real.

— Todos nós temos, sr. Orr.

Orr olhou-o fixamente. O perfeito ator-escada.

— O efeito dos sonhos no estado D, imediatamente anterior ao despertar, sobre o nível emocional geral da psique pode ser...

Mas o ator-escada interrompeu-o.

— Não, não é disso que estou falando. — E, gaguejando um pouco: — O que quero dizer é que sonhei algo que depois se tornou realidade.

— Isso não é difícil de acreditar, sr. Orr. Estou falando muito sério ao dizer isso. Foi apenas depois da ascensão do pensamento científico que qualquer pessoa se sentiu inclinada a questionar uma afirmação dessas, quanto mais a desacreditar dela. Sonhos proféticos…

— Não sonhos proféticos. Não consigo prever nada. Apenas *altero* as coisas. — As mãos estavam cerradas com força. Não admira que os figurões da Faculdade de Medicina mandaram este para cá. Sempre mandam para Haber os pirados que não conseguem endireitar.

— Pode me contar um caso? Por exemplo, consegue se lembrar da primeira vez que teve um sonho desses? Quantos anos tinha?

O paciente hesitou por um longo tempo e, por fim, disse:

— Dezesseis, acho. — Seus modos ainda eram doces; ele demonstrava um medo considerável do assunto, mas sem uma atitude defensiva ou hostil em relação a Haber. — Não tenho certeza.

— Conte sobre a primeira vez que você tem certeza.

— Eu tinha dezessete. Ainda morava na casa dos meus pais, e a irmã da minha mãe estava morando com a gente. Ela estava se divorciando e não trabalhava, só recebia assistência básica. Ela meio que incomodava. Era um apartamento normal de três cômodos, e ela estava sempre lá. Deixava minha mãe uma fera. Ela não tinha consideração, a tia Ethel, quero dizer. Monopolizava o banheiro; ainda tínhamos um banheiro no apartamento. Ah, e ficava fazendo uma espécie de brincadeira comigo. Meio brincadeira. Entrava no meu quarto sem a parte de cima do pijama, e por aí vai. Ela só tinha uns trinta anos. Aquilo me deixava meio tenso. Eu ainda não namorava… Você sabe. Adolescentes. É fácil deixar um garoto excitado. Eu ficava ressentido com aquilo, quero dizer, ela era minha tia.

Ele olhou para Haber para ter certeza de que o médico sabia o que o deixava ressentido e que não desaprovava seu ressentimento. A permissividade insistente do final do século XX produzira tanta culpa e medo em relação ao sexo nas gerações seguintes quanto a repressão insistente do fim do século XIX. Orr temia que Haber pudesse ficar chocado por ele não querer ir para a cama com a tia. Haber manteve sua expressão neutra, mas interessada, e Orr prosseguiu, com dificuldade.

— Bem, eu tinha um monte de sonhos meio que ansiosos e essa tia sempre estava neles. Costumava aparecer disfarçada, do jeito que as pessoas, às vezes, aparecem nos sonhos; uma vez ela era um gato branco, mas eu sabia que também era a Ethel. Bom, uma noite ela enfim conseguiu me fazer levá-la ao cinema e tentou me fazer tocar nela, e quando chegamos em casa, ela continuou se insinuando em volta da minha cama e dizendo que meus pais estavam dormindo e tal... Bem, depois que finalmente a tirei do meu quarto e consegui dormir, tive um sonho. Bem realista. Conseguia me lembrar dele inteiro quando acordei. Sonhei que Ethel tinha morrido em um acidente de carro em Los Angeles e que chegara um telegrama. Minha mãe estava chorando enquanto tentava preparar o jantar, e eu sentia pena dela, mas não sabia o que fazer. Isso foi tudo... Só que quando levantei, fui para a sala. A Ethel não estava no sofá. Não havia mais ninguém no apartamento, só meus pais e eu. Ela não estava lá. Ela nunca tinha estado lá. Não precisei perguntar. Eu me lembrei. Sabia que tia Ethel morrera em um acidente de carro em uma rodovia de Los Angeles seis semanas antes, voltando para casa depois de consultar um advogado sobre o divórcio. A notícia viera por telegrama. O sonho todo foi só uma espécie de revivência de algo parecido com o que tinha realmente acontecido. Só que não tinha acontecido. Até o sonho. Quer dizer, eu *também* sabia que ela tinha morado com a gente, dormido no sofá da sala, até a noite anterior.

— Mas não havia nada para mostrar isso, para provar isso?

— Não. Nada. Ela não tinha estado lá. Ninguém se lembrava dela, a não ser eu. E eu estava errado. Agora.

Haber fez um gesto prudente de compreensão com a cabeça e coçou a barba. O que aparentara ser um caso moderado de dependência de drogas agora parecia uma grave aberração, mas nunca um sistema delirante lhe fora apresentado de modo tão direto. Orr devia ser um esquizofrênico inteligente; estava dizendo meias verdades, tentando enganá-lo com inventividade e astúcia esquizoides. Mas faltava a ele a tênue arrogância íntima dessas pessoas, à qual Haber era extremamente sensível.

— Por que acha que sua mãe não percebeu que a realidade tinha se alterado desde a noite anterior?

— Bem, ela não sonhou aquilo. Quer dizer, o sonho alterou a realidade, sim. Criou, de forma retroativa, uma realidade diferente, da qual ela fez parte desde o princípio. Por estar nela, não tinha lembrança de nenhuma outra. Eu sim, lembrei-me das duas, porque eu estava… lá… no momento da alteração. Essa é a única forma como consigo explicar isso, sei que não faz sentido. Mas preciso ter alguma explicação ou então encarar o fato de que sou doido.

Não, esse camarada não era tímido.

— Não estou no ramo dos julgamentos, sr. Orr. Estou em busca de fatos. E os acontecimentos mentais, acredite em mim, são fatos. Quando se vê o sonho de outro homem, enquanto ele o sonha, registrado em preto e branco no eletroencefalograma, como vi dez mil vezes, não se fala dos sonhos como "irreais". Eles existem, são acontecimentos; deixam uma marca atrás de si. Ok, suponho que você teve outros sonhos que pareceram surtir o mesmo tipo de efeito…

— Alguns. Não por muito tempo. Apenas quando estressado. Mas pareciam… estar acontecendo com mais frequência. Comecei a ficar assustado.

Haber se inclinou para a frente.

— Por quê?

Orr tinha um olhar vazio.

— Assustado por quê?

— Porque não quero alterar as coisas! — Orr disse, como se afirmasse o muito óbvio. — Quem sou eu para me intrometer no modo como as coisas acontecem? E é meu psiquismo inconsciente que altera as coisas, sem qualquer controle inteligente. Tentei a auto-hipnose, mas não deu certo. Os sonhos são incoerentes, egoístas, irracionais… imorais, como você falou há um minuto. Vêm de nosso lado não socializado, não vêm? Ao menos em parte? Não queria matar a coitada da Ethel. Só a queria fora do meu caminho. Bem, em um sonho, é provável que isso seja drástico. Sonhos são atalhos. Eu a matei. Em um acidente de carro a milhares de quilômetros de distância, há seis semanas. Sou responsável pela morte dela.

Haber coçou a barba de novo.

— Por isso — ele disse, lentamente — as drogas que suspendem o sonho. Para que você possa evitar responsabilidades adicionais.

— Sim. As drogas impediram os sonhos de se formarem e se tornarem realistas. Apenas certos sonhos, os muito intensos são — ele buscou uma palavra — efetivos.

— Certo. Ok. Agora, vejamos. Você não é casado, é um desenhista projetista do distrito ferroviário Bonneville-Umatilla. O que acha do seu trabalho?

— Bom.

— Como está sua vida sexual?

— Fiz um teste de casamento. Terminamos no verão passado, depois de uns dois anos.

— Você desistiu? Ou ela?

— Nós dois. Ela não queria filhos. Não éramos para casar.

— E desde então?

— Bom, tem umas garotas do escritório, não sou... um garanhão, na verdade.

— E quanto aos relacionamentos interpessoais em geral? Sente que se relaciona satisfatoriamente com as outras pessoas, que têm um lugar na ecologia emocional de seu ambiente?

— Acho que sim.

— A ponto de poder dizer que não há nada de errado com a sua vida. Certo? Ok. Agora, me diga: você quer, quer de verdade, abandonar essa dependência química?

— Sim.

— Ok, ótimo. Agora, você vem tomando os remédios porque quer ficar longe dos sonhos. Mas nem todos os sonhos são perigosos, apenas certos sonhos realistas. Você sonhou que sua tia Ethel era um gato branco, mas de manhã ela não era um gato branco, certo? Alguns sonhos são adequados, seguros.

Ele esperou o gesto de assentimento de Orr.

— Agora, pense nisto. Como se sente em relação a colocar essa coisa toda à prova, e talvez aprender a sonhar com segurança, sem temer? Vou me explicar. Você tem medo, literalmente, de sonhar, porque sente que alguns de seus sonhos têm essa capacidade de afetar a vida real de formas que você não consegue controlar. Agora, isso pode ser uma metáfora complexa e significativa, pela qual seu inconsciente está tentando dizer ao seu consciente algo sobre a realidade, a sua realidade, a sua vida; algo que seu lado racional não está pronto para aceitar. Mas podemos tomar essa metáfora de forma muito literal: não há necessidade de traduzi-la, a esta altura, em termos racionais. Seu problema no momento é este: você tem medo de sonhar e, ainda assim, precisa sonhar. Tentou a supressão por meio de remédios, não funcionou. Ok, vamos tentar o oposto. Vamos fazê-lo sonhar, de propósito. Vamos fazê-lo sonhar, intensa e realisticamente, bem aqui. Sob minha supervisão, em condições controladas. Para que *você* possa assumir o controle sobre o que, para você, parece ter se descontrolado.

— Como posso sonhar sob encomenda? — Orr perguntou, com um desconforto extremo.

— No Palácio dos Sonhos do Doutor Haber você pode! Já foi hipnotizado?

— Para um tratamento dentário.

— Ótimo. Ok. Esse é o método. Ponho você em transe hipnótico e sugiro que vai dormir, que vai sonhar e *o que* vai sonhar. Você vai usar um trancap para garantir que tenha um sono genuíno, não apenas um transe hipnótico. Enquanto está sonhando, eu o observo, fisicamente e com um EEG, o tempo todo. Acordo-o e você fala sobre a experiência do sonho. Se tudo correr bem, talvez ache um pouco mais fácil enfrentar o sonho seguinte.

— Mas não vou sonhar de um jeito efetivo aqui, isso só acontece em um sonho a cada dezena ou centena. — As racionalizações defensivas de Orr eram bastante coerentes.

— Aqui você pode sonhar qualquer estilo de sonho. O conteúdo e o estado emocional dos sonhos podem ser quase totalmente controlados por um paciente motivado e um hipnotizador devidamente treinado. Faço isso há dez anos. E você ficará bem ali comigo, porque estará usando um trancap. Já usou um?

Orr fez que não com a cabeça.

— Mas sabe o que é.

— Ele manda sinais por eletrodos que estimulam o… cérebro a se deixar levar.

— É quase isso. Os russos o têm usado há cinquenta anos, os israelenses o aprimoraram e nós subimos no barco e o produzimos em massa para uso profissional na tranquilização de pacientes psicóticos ou no transe alfa. Eu estava trabalhando há alguns anos com uma paciente com depressão severa em TTO em Linnton. Como muitas pessoas depressivas, ela não dormia muito e tinha pouco sono de estado D, sono com sonho; tendia a acordar quando entrava no estado D. O efeito do círculo vicioso: mais depressão, menos sonhos; menos sonhos, mais depressão. Quebrá-lo? Como? Não temos nenhuma droga que atue no aumento do sono D. A eec – estimulação eletrônica do cérebro? Mas isso envolve implantar eletrodos, e profundamente, nos núcleos de sono; melhor evitar uma operação. Eu estava usando o trancap nela para estimular o sono. E se o sinal difuso de baixa frequência se tornasse mais exato e fosse dirigido de modo localizado para a área específica no interior do cérebro... ah, sim, claro, dr. Haber, isso é moleza! Mas, na verdade, como eu tinha o requisito de pesquisa eletrônica em meu currículo, só levei uns dois meses para desenvolver o aparelho básico. Então, tentei estimular o cérebro da paciente com a gravação das ondas cerebrais de um participante saudável nos estados apropriados, os vários estágios de sono e sonho. Não tive muita sorte. Descobri que o sinal de outro cérebro pode ou não provocar uma reação no participante; tive de aprender a generalizar, fazer uma espécie de média a partir de centenas de registros de ondas cerebrais normais. Então, enquanto trabalho com um paciente, estreito a média mais uma vez, a ajusto: quando o cérebro do participante está fazendo algo que quero que repita, registro aquele instante, o aumento, amplio e prolongo, o executo novamente e estimulo o cérebro a acompanhá-lo com seus próprios impulsos mais saudáveis, se me perdoa o jogo de palavras. Agora, tudo isso envolveu uma quantidade enorme de análise de reações para que um simples eeg com um trancap se convertesse nisso — e ele fez um gesto apontando a floresta eletrônica atrás de Orr. A maior parte do maquinário estava escondida atrás de painéis plásticos, porque muitos pacientes ou ficavam com medo da máquina ou se identificavam excessivamente com ela, mas ainda assim aquilo ocupava um quarto do consultório. — Esta é a Máquina dos Sonhos — disse ele, com um sorriso — ou, em termos prosaicos, o Ampliador; e o que isso fará por você é garantir que vai dormir e que vai sonhar do modo que quisermos: depressa e com leveza, ou de forma demorada e intensa. Ah, a propósito, a paciente teve alta de Linnton no verão passado, totalmente curada. — Ele se inclinou para a frente. — Disposto a tentar?

— Agora?

— Quer esperar o quê?

— Mas não posso pegar no sono às 16h30… — Então, ele pareceu desorientado. Haber tinha começado a cavoucar a gaveta abarrotada de sua mesa, e agora apresentava um documento, o formulário de Consentimento para Hipnose, exigido pelo DESAS. Orr pegou a caneta que Haber lhe estendeu, assinou o formulário e colocou-a sobre a mesa, em um gesto submisso.

— Certo. Ótimo. Agora, me diga, George. Seu dentista usa uma fita hipnótica ou é do tipo "faça você mesmo"?

— Fita. Estou no três na escala de suscetibilidade.

— Bem no meio do gráfico, hein? Bem, para que a sugestão funcione no que tange ao conteúdo do sonho, vamos querer um transe razoavelmente profundo. Não queremos um sonho de transe, queremos um sonho de sono verdadeiro; o Ampliador vai proporcionar isso. Mas queremos ter certeza de que a sugestão vá bem fundo. Então, para evitar passar horas apenas condicionando você a entrar em transe profundo, vamos usar a indução v-c. Já a viu ser realizada alguma vez?

Orr balançou a cabeça. Ele parecia apreensivo, mas não fez objeção, havia nele um jeito receptivo, passivo, que parecia feminino, ou mesmo infantil. Haber reconhecia em si mesmo uma reação protetora/intimidadora em relação a esse homem submisso e fisicamente frágil. Dominá-lo e tratá-lo com condescendência era tão fácil a ponto de ser quase irresistível.

— Eu a utilizo na maioria dos pacientes. É rápida, segura e eficaz, de longe o melhor método de indução da hipnose e o menos problemático para ambos, o hipnoterapeuta e o paciente.

Orr com certeza ouvira relatos assustadores sobre pacientes que sofreram danos cerebrais ou foram mortos por uma indução v-c excessivamente prolongada ou inepta e, embora tais medos não se aplicassem ali, Haber devia cuidar deles e acalmá-los, para que Orr não resistisse à indução como um todo. Então, ele prosseguiu com a conversa fiada, descrevendo os cinquenta anos de história do método de indução v-c e, depois, desviando totalmente do tema da hipnose, voltando ao tema do sono e dos sonhos, a fim de tirar a atenção de Orr do processo e colocá-la no objetivo da indução.

— Veja, a distância que precisamos transpor é o abismo entre a condição de vigília ou transe hipnótico e o estado de sonho. Esse abismo tem um nome comum: sono. Sono normal, estado S, sono não REM, não importa o nome que você queira. Agora, existem, grosseiramente falando, quatro estados mentais pelos quais nos interessamos: vigília, transe, sono S e estado D. Quando se observam os processos de atividade mental, o estado S, o estado D e o estado hipnótico têm algo em comum: sono, sonho e transe liberam, todos, a atividade do subconsciente, a mente subconsciente; todos tendem a empregar o processo primário de pensamento, enquanto a atividade mental de vigília é o processo secundário, racional. O estado D, o transe e o estado de vigília são os que têm mais em comum, enquanto o estado S, o sono, é completamente diferente. E não se pode ir direto do transe a um verdadeiro sonho do estado D. O estado S deve se interpor. O normal é que só se entre no estado D quatro ou cinco vezes em uma noite, a cada uma ou duas horas, e só durante quinze minutos por vez. No resto do tempo, o indivíduo está em um ou outro estágio do sono normal. E então você vai sonhar, mas de modo habitual, não realista; a atividade mental no sono S é como a de um motor em marcha lenta, uma espécie de ladainha em imagens e pensamentos. O que buscamos são os sonhos do estado D, realistas, carregados de emoção, memoráveis. Nossa hipnose, associada ao Ampliador, garantirá que os captemos, atravessando o abismo neurofisiológico e temporal do sono, direto para o sonho. Então, precisaremos de você aqui no divã. Minha área foi criada por Dement, Aserinsky, Berger, Oswald, Hartmann e outros, mas o divã adotamos direto do papa Freud… Mas o usamos para *dormir*, ao que ele se opunha. Agora, o que quero, só para dar a partida, é que se sente aqui nos pés do divã. Sim, desse jeito. Você ficará aí por algum tempo, então fique à vontade. Você disse que tentou a auto-hipnose, não é? Certo, vá em frente e use as técnicas que utilizou. Que tal a respiração profunda? Conte até dez enquanto inspira, segure o ar contando até cinco, assim, isso, excelente. Pode, por favor, olhar para o teto, bem acima de sua cabeça? Ok, certo.

Enquanto Orr, obedecendo, inclinava a cabeça para trás, Haber, bem ao lado dele, esticou a mão esquerda e a colocou rápida e silenciosamente atrás de sua cabeça, pressionando o polegar e um dos dedos, com firmeza, na parte inferior atrás de cada orelha; ao mesmo tempo, com o polegar e o dedo da mão direita, ele pressionou forte a garganta exposta, bem abaixo da barba loira macia, onde o nervo vago e a artéria carótida passam. Ele estava consciente da pele fina e pálida sob seus dedos; sentiu um primeiro movimento sobressaltado de protesto e então viu os olhos claros se fechando. Sentiu um tremor de satisfação por sua habilidade pessoal, seu instante de dominação sobre o paciente, ao mesmo tempo em que murmurava, com suavidade e rapidez:

— Agora você vai dormir; feche os olhos, durma, relaxe, deixe sua mente ficar vazia, você vai dormir, está relaxado, vai ficar solto; relaxe, libere…

E Orr caiu para trás no divã como um homem morto a tiros, sua mão direita solta, flácida, ao lado do corpo.

Haber ajoelhou-se ao lado dele de imediato, mantendo os pontos de pressão com a mão direita, de leve, e sem interromper o ritmo brando e rápido da sugestão.

— Agora você está em transe, não adormecido, mas em profundo transe hipnótico, e não vai sair dele e despertar até que eu diga para fazer isso. Você está em transe agora, cada vez mais imerso no transe, mas ainda consegue ouvir minha voz e seguir minhas instruções. A partir de agora, sempre que eu tocar sua garganta como estou fazendo agora, você entrará em transe hipnótico imediatamente. — Ele repetiu as instruções e prosseguiu. — Agora, quando eu lhe disser para abrir os olhos, você vai abri-los e enxergar uma bola de cristal flutuando à sua frente. Quero que mantenha sua atenção fixa nela e, enquanto faz isso, fique ainda mais imerso no transe. Agora abra os olhos, isso, ótimo, e me diga quando enxergar a bola de cristal.

Os olhos claros, agora com um olhar curioso e introvertido, ignoraram Haber fixando-se no nada.

— Agora — disse o homem hipnotizado em um tom muito baixo.

— Ótimo. Continue olhando para ela e respirando normalmente; logo você estará em um transe muito profundo...

Haber espiou o relógio. A ação toda levou apenas dois minutos. Ótimo, ele não gostava de perder tempo com os meios, a questão era chegar aos fins desejados. Enquanto Orr estava deitado contemplando a bola de cristal imaginária, Haber se levantou e começou a equipá-lo com o trancap modificado, removendo-o e recolocando-o várias vezes para reajustar os minúsculos eletrodos e posicioná-los no couro cabeludo, sob os espessos cabelos castanho-claros. Falava com frequência, em voz baixa, repetindo as sugestões e, às vezes, fazendo perguntas desinteressadas, para que

Orr não caísse no sono ainda e continuasse conectado a ele. Assim que o capacete estava no lugar, ele ligou o EEG e, por algum tempo, observou-o para ver como estava aquele cérebro.

Oito dos eletrodos do capacete se ligavam ao EEG; dentro da máquina, oito canetas anotavam um registro permanente da atividade elétrica do cérebro. Na tela, que Haber observava, os impulsos eram reproduzidos diretamente, rabiscos brancos trêmulos sobre o cinza escuro. Ele conseguia isolar e ampliar cada um deles, ou sobrepor um ao outro, de acordo com sua vontade. Era uma cena da qual ele nunca se cansava, o *Filme sem fim*, programa do Canal Um.

Não havia nenhuma das irregularidades sigmoides pelas quais ele estava procurando, que coincidiam com determinados tipos de personalidade esquizoide. Nada fugia do comum no padrão completo, exceto o fato de que era diferente. Um cérebro simples produz um conjunto de padrões em ziguezague e contenta-se em repeti-los; aquele não era um cérebro simples. Seus movimentos eram súbitos e complexos e as repetições não eram nem frequentes nem constantes. O computador do Ampliador podia analisá-las, mas, até ver a análise, Haber não seria capaz de isolar um fator único, exceto a complexidade em si.

Ao dar o comando que fazia o paciente parar de enxergar a bola de cristal e fechar os olhos, Haber conseguiu, quase no mesmo instante, um traço alfa forte e nítido em doze ciclos. Brincou um pouco mais com o cérebro, obtendo registros para o computador e testando a profundidade hipnótica, então disse:

— Agora, John... — Não... inferno, qual é o nome do paciente? — George. Agora você vai dormir em um minuto. Vai adormecer e sonhar, mas não vai dormir até que eu fale a palavra "Antuérpia". Quando eu disser isso, você vai dormir, e dormirá até que eu repita seu nome três vezes. Então, quando estiver dormindo, terá um sonho, um sonho bom. Um sonho nítido e agradável. Não um sonho aflitivo, de modo algum; um sonho agradável, mas muito nítido e realista. Esteja certo de se lembrar dele quando acordar. O sonho será sobre... — Ele hesitou por um instante, não tinha planejado nada, confiara na inspiração. — Sobre um cavalo. Um grande cavalo baio galopando em um campo. Correndo. Talvez você monte o cavalo, ou o capture, ou talvez apenas o observe. Mas o sonho será sobre um cavalo. Um sonho realista — qual foi a palavra que o paciente usou? —, *efetivo*, sobre um cavalo. Depois disso não vai sonhar mais nada e, quando eu falar seu nome três vezes, vai acordar se sentido calmo e descansado. Agora, vou mandá-lo dormir... dizendo... "Antuérpia".

Obedientes, as pequenas linhas dançantes na tela começaram a se alterar. Tornaram-se mais fortes e lentas, logo os fusos do estágio 2 do sono começaram a aparecer, e então uma insinuação do profundo ritmo delta do estágio 4. Assim como os ritmos cerebrais se alteravam, a pesada matéria habitada por aquela energia dançante também se alterava: as mãos estavam frouxas sobre o peito, de respiração lenta, e o rosto estava indiferente e imóvel.

O Ampliador obteve um registro completo dos padrões do cérebro em vigília; agora estava gravando e analisando os padrões de sono S; logo estaria captando os padrões do início do sono D do paciente e até seria capaz, nesse primeiro sonho, de reenviá-los ao cérebro adormecido, ampliando suas próprias emissões. Na verdade, deveria estar fazendo isso agora. Haber esperava uma demora, mas a sugestão hipnótica e a longa privação parcial de sonhos do paciente o estavam levando ao estado D imediatamente: assim que ele atingiu o estágio 2, começou a nova ascensão. As linhas oscilantes e lentas na tela tremularam aqui e ali, agitaram-se de novo, começaram a acelerar e a dançar, assumindo um ritmo rápido e dessincronizado. Então a ponte de Varólio estava em atividade e o traço do hipocampo apresentava um ciclo de cinco segundos, o ritmo teta, que não aparecera de forma clara neste paciente. Os dedos se moviam um pouco; sob as pálpebras fechadas, os olhos se mexiam, observadores; os lábios se abriam para uma respiração profunda. O homem adormecido sonhava.

Eram 5h06.

Às 5h11 Haber pressionou o botão preto, DESLIGAR, do Ampliador. Às 5h12, notando que os desenhos irregulares e os fusos do sono S reapareciam, ele se inclinou sobre o paciente e disse seu nome com clareza três vezes.

Orr suspirou, mexeu o braço com um gesto amplo e solto, abriu os olhos e despertou. Haber removeu os eletrodos de seu couro cabeludo com alguns movimentos ágeis.

— Tudo bem? — ele perguntou, amigável e seguro.

— Tudo.

— E você sonhou. Disso eu tenho certeza. Pode me contar o sonho?

— Um cavalo — Orr disse, com a voz rouca, ainda aturdido pelo sono. Sentou-se. — Era sobre um cavalo. Aquele — e abanou a mão em direção à fotografia do tamanho de uma janela que decorava o consultório de Haber, uma foto do grande cavalo de corrida Tammany Hall em ação em um prado verdejante.

— E o que você sonhou? — Haber perguntou, satisfeito. Ele não tinha certeza de que a sugestão hipnótica afetaria o conteúdo do sonho em uma primeira sessão.

— Ele... Eu estava caminhando naquele campo e ele ficou algum tempo à distância. Então, veio galopando até mim e, depois de um período, percebi que ele ia me atropelar. Mas não tive nenhum medo. Percebi que talvez conseguisse pegar a rédea ou girar e montá-lo. Sabia que, na verdade, ele não podia me machucar porque era o cavalo do seu quadro, não um cavalo de verdade. Foi tudo como um jogo... Dr. Haber, alguma coisa naquele quadro chama sua atenção por ser... incomum?

— Bem, algumas pessoas o consideram muito dramático para o consultório de um psiquiatra, um pouco opressivo. Um símbolo sexual em tamanho natural bem em frente ao divã! — Ele riu.

— Isso estava aí uma hora atrás? Quer dizer, não era a vista do monte Hood quando eu entrei, antes de eu sonhar com o cavalo?

Ai, meu Deus, era o monte Hood, o homem tinha razão.

Não era o monte Hood não podia ter sido o monte Hood era um cavalo era um *cavalo*

Era uma montanha

Um cavalo era um cavalo era...

Ele estava encarando George Orr, fixo e sem expressão, vários segundos devem ter se passado desde a pergunta de Orr; ele não pode ser pego, precisa inspirar confiança, ele sabia as respostas.

— George, você se lembra daquele quadro como sendo uma fotografia do monte Hood?

— Sim — Orr disse, com seu jeito um tanto triste, mas inabalável. — Lembro. Era ele. Coberto de neve.

— Humm. — Haber assentiu, com prudência, ponderado. O frio terrível no fundo do peito passara.

— Você não?

Os olhos do homem eram tão fugazes na cor, contudo claros e diretos na expressão: os olhos de um psicótico.

— Não, infelizmente, não. É Tammany Hall, três vezes campeão em 1989. Sinto falta das corridas, é uma vergonha como nossos problemas de alimentação acabam com as espécies inferiores. Claro, um cavalo é um anacronismo perfeito, mas gosto do quadro, tem vigor, força... a autorrealização total em termos animais. É uma espécie de representação ideal do que um psiquiatra se esforça para alcançar em termos de psicologia humana, um símbolo. É a origem de minha sugestão para o conteúdo de seu sonho, claro, por acaso eu estava olhando para ela... — Haber olhou de soslaio para o mural. Óbvio que era o cavalo. — Mas, escute. Se você quer ter uma terceira opinião podemos pedi-la à srta. Crouch, ela trabalha aqui há dois anos.

— Ela vai dizer que sempre foi um cavalo — Orr afirmou, calma e tristemente. — Sempre foi. Desde meu sonho. Sempre foi. Pensei que, talvez, como você me sugeriu o sonho, poderia ter uma lembrança dupla, como eu. Mas imagino que não tenha. — Mas seus olhos, não mais abatidos, voltaram a encarar Haber com aquela clareza, aquela paciência, aquele pedido silencioso e desesperado por ajuda.

O homem estava doente. Precisava ser curado.

— Gostaria que você voltasse, George, amanhã, se possível.

— Bom, eu trabalho…

— Saia uma hora mais cedo, e venha às 16h. Você está em TTV. Explique a seu chefe, e não sinta nenhuma desonra nisso. Cedo ou tarde, 82% da população faz TTV, sem mencionar os 31% que fazem TTO. Então, esteja aqui às 16h e trataremos de trabalhar. Vamos chegar a algum lugar com isso, sabe? Agora, aqui está a prescrição para o meprobamato, que vai manter seus sonhos moderados sem suprimir completamente o estado D. Você pode recarregá-la no posto de automedicação a cada três dias. Se tiver um sonho ou qualquer outra experiência que o assuste, me telefone, de dia ou de noite. Mas, usando isso, duvido que aconteça e, se estiver disposto a trabalhar duro comigo, não precisará mais de medicamentos por muito tempo. Vai acabar com todo esse problema dos seus sonhos e ficará livre. Certo?

Orr pegou o cartão IBM de prescrição.

— Seria um alívio — disse. Sorriu, um sorriso hesitante, infeliz, mas não desprovido de humor. — Outra coisa a respeito do cavalo… — ele falou.

Haber, vários centímetros mais alto, baixou o olhar para ele.

— Ele se parece com você — Orr disse.

Haber ergueu os olhos rapidamente para o mural. Parecia. Grande, saudável, peludo, de cor castanha avermelhada, avançando a todo galope...

— Será que o cavalo em seu sonho se parecia comigo? — ele perguntou, com uma sagacidade amistosa.

— Sim, parecia — o paciente respondeu.

Quando ele saiu, Haber se sentou e olhou, inquieto, para o mural com a fotografia de Tammany Hall. De fato, era grande demais para um consultório. Que droga! Queria poder pagar por um consultório com janela e vista!

3

Àqueles que recebem a ajuda do céu chamamos filhos do céu. Eles não aprendem isso com aprendizado. Não o elaboram pela elaboração. Não compreendem por meio da compreensão. Permitir que a razão se detenha diante do que não pode ser racionalizado é uma elevada conquista. Aqueles que não conseguirem fazê-lo serão destruídos no vórtice do céu.

CHUANG TSE: XXIII

GEORGE ORR SAIU DO TRABALHO ÀS 15H30 e foi a pé até a estação de metrô; ele não tinha carro. Se economizasse, poderia ter pago por um Volkswagen a vapor e pela taxa de quilometragem dele, mas para quê? O centro da cidade era fechado aos automóveis, e ele morava no centro. Aprendera a dirigir nos anos 1980, mas nunca tivera um carro. Pegou o metrô de Vancouver e voltou para Portland. Os vagões já estavam lotados; ele ficou onde não conseguia alcançar as alças e barras, seguro apenas pela pressão compensadora dos corpos por todos os lados, às vezes levantando o pé e flutuando quando a força da multidão (m) excedia a força da gravidade (g). Um homem ao seu lado segurava um jornal e nunca conseguia abaixar o braço, mas mantinha o rosto enfiado no caderno de esportes. A manchete, "GRANDE ATAQUE AÉREO PERTO DA FRONTEIRA AFEGÃ", e o subtítulo, "Afeganistão ameaça intervir", encararam Orr por seis estações. O homem com o jornal abriu caminho para sair e foi substituído por dois tomates sobre um prato verde de plástico e, abaixo, havia uma senhora idosa com um casaco verde de plástico, que ficou parada pisando no pé esquerdo de Orr por mais três estações.

Ele pelejou para descer na parada da East Broadway e foi arrastado ao longo de quatro quarteirões pela multidão que saía do trabalho e engrossava cada vez mais até chegar à Willamette East Tower, um poço de concreto e vidro grande e espalhafatoso que competia, com uma obstinação vegetal, por luz e ar na selva de prédios similares à sua volta. Muito pouco da luz e do ar alcançava o nível da rua; o que chegava ali era o calor e uma chuva fina. A chuva era uma velha tradição de Portland, mas o calor – 21°C em 2 de março – era uma consequência moderna da poluição atmosférica. O eflúvio urbano e industrial não foi controlado com antecedência suficiente para reverter a tendência cumulativa já em operação em meados do século xx; levaria vários séculos para o CO_2 ser eliminado do ar, se é que isso aconteceria. Nova York seria uma das maiores vítimas do efeito estufa, já que a calota polar continuaria derretendo e o nível do mar subindo; na verdade, toda BosWash estava ameaçada. Havia algumas compensações. A Baía de São Francisco já estava subindo e acabaria cobrindo todas as centenas de quilômetros quadrados de aterros sanitários e o lixo depositado neles desde 1848. Já Portland, separada do mar por 130 quilômetros e pelas cadeias montanhosas da costa do Pacífico, não era ameaçada pela elevação do nível da água; apenas pela queda de água.

Sempre chovera no oeste do Oregon, mas agora a chuva era incessante, constante e morna. Era como viver sob um aguaceiro de sopa quente, para sempre.

As Cidades Novas – Umatilla, John Day, French Glen – ficavam a leste da cordilheira das Cascatas, no que tinha sido, trinta anos antes, um deserto. O verão ali ainda era terrível de tão quente, mas chovia apenas 1.100 milímetros ao ano, comparados aos 2.800 milímetros de Portland. A agricultura intensiva tornou-se possível, e o deserto floresceu. French Glen possuía agora uma população de 7 milhões. Portland, com apenas 3 milhões e sem potencial de crescimento, fora deixada para trás na marcha do progresso. Isso não era novidade para Portland. E que diferença fazia? A subnutrição, a superpopulação, a imundície do ambiente eram a norma. Havia mais escorbuto, tifo e hepatite nas Cidades Antigas; mais violência de gangues, crime e assassinatos nas Cidades Novas. Os ratos dominavam umas e a Máfia, as outras. George Orr ficou em Portland porque sempre vivera lá e porque não tinha motivos para acreditar que a vida em qualquer outro lugar seria melhor, ou diferente.

Com um sorriso desinteressado, a srta. Crouch o fez entrar imediatamente. Orr pensava que os consultórios dos psiquiatras, como as tocas dos coelhos, sempre tinham uma porta da frente e uma dos fundos. Este não tinha, mas ele duvidava que ali os pacientes pudessem se deparar uns com os outros na chegada ou na saída. Na Faculdade de Medicina, disseram que o dr. Haber possuía apenas uma pequena clínica psiquiátrica e que era, em essência, um pesquisador. Aquilo deu a ele a impressão de alguém bem-sucedido, único, e o jeito cordial e habilidoso do médico a havia confirmado. Mas hoje, menos nervoso, Orr viu mais coisas. O consultório não exibia platina e couro, provas de sucesso financeiro, nem trapos e garrafas, provas de desinteresse científico. As poltronas e o divã eram de vinil, a mesa era de metal revestido por plástico com acabamento em madeira. Absolutamente nada era genuíno. Com seus dentes brancos e a crina baia, o enorme dr. Haber bradou:

— Boa tarde!

Aquela afabilidade não era fingida, mas era exagerada. Havia certa cordialidade no homem, certa expansividade, que era real; mas que se tornara artificial, revestida com maneirismos profissionais, distorcida pelo modo nada espontâneo como o médico se colocava. Orr sentia nele um desejo de agradar e um desejo de ajudar; o médico, ele pensou, não estava muito seguro de que outras pessoas existiam, e queria provar que existiam ajudando-as. Ele bradava "boa tarde!" tão alto porque nunca tinha certeza de que obteria uma resposta. Orr quis ser simpático, mas nada pessoal lhe pareceu adequado; ele disse:

— Parece que o Afeganistão pode entrar na guerra.

— Humm, isso estava previsto desde agosto. — Ele deveria saber que o médico estaria mais informado sobre as questões mundiais do que ele, que costumava estar parcialmente informado e três semanas atrasado. — Acho que isso vai fazer os Aliados tremerem — Haber continuou —, a menos que atraia o Paquistão para o lado iraniano. Aí a Índia pode ter de enviar mais do que um suporte simbólico aos isragípcios. — Aquele era o termo teleglota para a aliança Nova República Árabe/Israel. — Acho que o discurso de Gupta em Delhi demonstra que ele está se preparando para essa possibilidade.

— Ela continua se espalhando — Orr disse, se sentindo inadequado e desanimado. — A guerra, quero dizer.

— Isso preocupa você?

— Não preocupa você?

— Irrelevante — respondeu o médico, dando seu sorriso largo, barbudo, como um grande deus urso; mas ele continuava desconfiado, desde o dia anterior.

— Sim, me preocupa. — Mas Haber não tinha merecido aquela resposta; quem pergunta não pode se retirar da pergunta, assumindo objetividade, como se as respostas fossem um objeto. Entretanto, Orr não expressou esses pensamentos; estava nas mãos de um médico que, com certeza, sabia o que estava fazendo.

Orr tendia a acreditar que as pessoas sabiam o que estavam fazendo, talvez porque geralmente considerasse que ele mesmo não sabia.

— Dormiu bem? — Haber quis saber, sentando-se sob o casco da pata esquerda traseira de Tammany Hall.

— Muito bem, obrigado.

— O que acha de voltar ao Palácio dos Sonhos? — Ele observava com interesse.

— É claro, acho que é para isso que estou aqui.

Ele viu Haber levantar e dar a volta na mesa, viu a mão enorme vir em direção ao seu pescoço e, então, não aconteceu nada.

—... George...

O nome dele. Quem chamou? Não era uma voz conhecida. Terra seca, ar seco, o estrondo de uma voz estranha em seu ouvido. A luz do dia e nenhum destino. Nem caminho de volta. Ele acordou.

A sala quase familiar; o homem alto, quase familiar, vestindo um volumoso Gernreich castanho-avermelhado, de barba ruiva, dentes brancos e olhos escuros e opacos.

— No EEG, parecia um sonho curto, mas vívido — disse a voz grave. — Vamos ver isso. Quanto mais imediata a lembrança, mais completa.

Orr se sentou, sentindo-se um tanto zonzo. Ele estava no divã, mas como chegara ali?

— Vejamos. Não foi muita coisa. O cavalo de novo. Você me falou para sonhar com o cavalo de novo, quando fui hipnotizado?

Haber balançou a cabeça, sem confirmar nem negar, e escutou.

— Bem, aqui era uma estrebaria. Esta sala. Com palha, manjedoura, forquilha no canto e assim por diante. O cavalo estava ali. Ele...

O silêncio de expectativa de Haber não permitia evasiva.

— Ele fez um tremendo monte de merda. Marrom, fumegante. Um monte absurdo. Parecia o monte Hood, com a corcundinha do lado norte e tudo mais. Cobria todo o tapete e meio que ameaçava cair em mim, então eu disse: "É só a fotografia de uma montanha". Aí acho que comecei a acordar.

Orr ergueu o rosto, ignorando o dr. Haber e olhando para o mural atrás dele, a fotografia do monte Hood que ocupava toda a parede.

Era uma imagem serena em tons ligeiramente esmaecidos e pretensamente artísticos: o céu acinzentado, a montanha marrom claro ou marrom avermelhado com pontos brancos próximo ao cume e o primeiro plano com copas de árvores escuras e amorfas.

O médico não olhava para o mural. Observava Orr com olhos interessados, opacos. Riu quando Orr terminou; não por muito tempo, nem muito alto, mas um pouco agitado, talvez.

— Estamos chegando lá, George.

— Onde?

Orr se sentia desmazelado e tolo, sentado ali no divã, ainda zonzo de sono, tendo se deitado ali e dormido, provavelmente de boca aberta e roncando, indefeso, enquanto Haber observava os saltos e piruetas de seu cérebro e lhe dizia o que sonhar. Sentiu-se vulnerável, usado. E para quê?

Era evidente que o médico não tinha nenhuma lembrança do mural com o cavalo, nem da conversa que tiveram a respeito dele; estava imerso por completo naquele novo presente e todas as suas lembranças levavam a ele. Então, ele não podia ajudar em absolutamente nada. Mas agora andava de um lado para o outro do consultório, falando ainda mais alto do que de costume.

— Bem, (*a*) você pode sonhar e sonha conforme ordenado, você segue as sugestões de hipnose; (*b*) você reage ao Ampliador de forma esplêndida. Portanto, podemos trabalhar juntos, com rapidez e eficiência, sem narcose. Prefiro trabalhar sem as drogas. O que o cérebro faz sozinho é infinitamente mais fascinante e complexo do que qualquer possível reação a estímulos químicos; por isso criei o Ampliador, para dar ao cérebro um meio de se *auto*estimular. Os recursos criativos e terapêuticos do cérebro, acordado, dormindo ou sonhando, são praticamente infinitos.

Se pudermos apenas encontrar as chaves para todas as fechaduras… O poder do sonho, por si só, é algo com que mal podemos sonhar! — Ele deu uma grande risada, já tinha feito aquele trocadilho muitas vezes. Orr sorriu, desconfortável; aquilo o atingiu de modo um pouco pessoal. — Agora estou seguro de que seu tratamento consiste em *usar* seus sonhos, não em fugir deles e evitá-los. Enfrentar seu medo e, com minha ajuda, compreendê-lo. Você tem medo de sua própria mente, George. É um medo com o qual nenhum homem pode viver. E você não precisa. Ainda não viu como sua própria mente pode ajudá-lo, o modo como pode usá-la, empregá-la criativamente. Tudo que precisa fazer é parar de se esconder de seus próprios poderes, não os suprimir, mas os libertar. Podemos fazer isso juntos. Agora, isso não lhe parece o certo, a coisa certa a ser feita?

— Não sei — respondeu Orr.

Quando Haber falou sobre usar, empregar os poderes mentais dele, por um momento Orr pensou que o médico se referia a seu poder de alterar a realidade pelo sonho. Mas se quisesse dizer aquilo, com certeza teria dito de maneira clara? Sabendo que Orr precisava desesperadamente de confirmação, caso pudesse dá-la, ele não a negaria sem motivos.

Orr estava com o coração partido. O uso de narcóticos e comprimidos estimulantes causava desequilíbrio emocional; ele sabia disso e, portanto, continuou tentando combater e controlar seus sentimentos. Mas essa decepção estava além do controle. Agora ele percebia que se permitira sentir alguma esperança. Não tivera dúvidas, no dia anterior, de que o médico estava consciente da troca da montanha pelo cavalo. Não ficara surpreso ou assustado com o fato de Haber tentar esconder sua consciência na primeira mudança; sem dúvida o médico fora incapaz de admitir o fenômeno até para si mesmo, de absorvê-lo por inteiro. O próprio Orr tinha levado muito tempo para conseguir encarar o fato de que estava fazendo algo impossível. Ainda assim, permitiu-se ter a esperança de que Haber, conhecendo o sonho e sendo a causa dele enquanto era sonhado, pudesse perceber a mudança, se lembrasse dela e a confirmasse.

Não valia a pena. Não havia solução. Orr estava onde tinha estado há meses: sozinho, sabendo que estava louco e sabendo que não estava louco, simultânea e profundamente. Aquilo bastava para deixá-lo louco.

— Seria possível — ele perguntou, envergonhado — você fazer uma sugestão pós-hipnose para que, na verdade, eu não sonhe? Já que consegue sugerir que eu *sonhe*... Assim eu poderia me livrar das drogas, ao menos por algum tempo.

Haber se colocou atrás da mesa, arqueado como um urso.

— Duvido muito que isso funcione, mesmo por uma noite — ele disse, sucinto. E então, de repente, voltou a bradar: — Esse não é o mesmo rumo estéril que você tem tentado seguir, George? Drogas ou hipnose, é sempre a supressão. Você não pode fugir de sua própria mente. Você enxerga esse fato, mas ainda não está muito disposto a enfrentá-lo. Tudo bem. Veja desta forma: você sonhou duas vezes, bem aqui, nesse divã. Foi tão ruim? Causou algum mal?

Orr sacudiu a cabeça, desanimado demais para responder.

Haber continuou falando e Orr tentou prestar atenção nele. Agora, ele discorria sobre sonhos acordados, sobre a relação deles com os ciclos de uma hora e meia dos sonhos noturnos, sobre sua utilidade e valor. Perguntou a Orr se algum tipo particular de sonho acordado era de seu agrado.

— Por exemplo — ele disse —, muitas vezes sonho com atos heroicos. Sou o herói. Estou salvando uma garota ou um colega astronauta ou uma cidade sitiada, ou o planeta inteiro que está amaldiçoado. Sonhos messiânicos, sonhos de bom samaritano. Haber salva o mundo! É divertido para caramba, contanto que eu os mantenha no lugar deles. Precisamos dessa exaltação do ego que tiramos dos sonhos acordados, mas quando começamos a depender disso, nossos parâmetros de realidade ficam um pouco precários... Há também os sonhos acordados do tipo ilhas dos mares do sul: um monte de executivos de meia idade estão nessa. E o tipo mártir-sofredor-magnânimo e as várias fantasias românticas da adolescência e o sonho acordado sadomasoquista, e por aí vai. A maioria das pessoas reconhece a maioria dos tipos. Quase todos nós já estivemos na arena enfrentando os leões, ao menos uma vez, ou jogamos uma bomba e destruímos nossos inimigos, ou salvamos a virgem pneumática no naufrágio de um navio, ou compusemos a Décima Sinfonia de Beethoven por ele. Que estilo você prefere?

— Ah, a fuga — Orr disse. Ele precisava realmente se recompor e responder para aquele homem que estava tentando ajudá-lo.

— Fugir, me livrar de alguma coisa.

— Livrar-se do trabalho, da batalha diária?

Haber parecia se recusar a crer que Orr estava contente com seu emprego. Sem dúvida Haber tinha muita ambição e achava difícil acreditar que um homem poderia viver sem ela.

— Bom, é mais a cidade, a multidão, quero dizer. Gente demais em todos os lugares. As manchetes. Tudo.

— Mares do sul? — Haber quis saber, com seu sorriso de urso.

— Não. Aqui. Não sou muito imaginativo. Sonho acordado com ter uma cabana em algum lugar longe das cidades, talvez nas cadeias montanhosas da costa do Pacífico, onde ainda existem algumas das antigas florestas.

— Já considerou comprar uma?

— Terras para recreação custam cerca de 38 mil dólares o acre, nas regiões mais baratas, nas reservas do Sul do Oregon. Sobe para 400 mil para um lote com vista para a praia.

Haber deu um assovio.

— Vejo que você considerou... e então voltou a sonhar acordado. Graças a Deus, isso é gratuito, hein! Bem, está a fim de tentar de novo? Ainda temos quase meia hora sobrando.

— Você poderia...

— O que, George?

— Me deixar ficar com a lembrança?

Haber deu início a uma de suas complexas recusas.

— Agora, como você sabe, o que é vivenciado durante a hipnose, incluindo as orientações dadas, é normalmente bloqueado à lembrança quando se está acordado, por meio de um mecanismo similar ao que bloqueia a lembrança de 99% de nossos sonhos. Reduzir esse bloqueio seria lhe dar muitas orientações conflitantes em relação a algo que é um assunto bastante delicado, o conteúdo de um sonho que você ainda não sonhou. Isso... o sonho... eu consigo orientar você a lembrar. Mas não quero que a lembrança de minhas sugestões se misture com sua lembrança do sonho que realmente sonhou. Quero mantê-las separadas para obter um relato nítido do que você de fato sonhou, não do que acha que deveria ter sonhado. Certo? Sabe, pode confiar em mim. Estou nessa para ajudá-lo. Não vou pedir demais. Vou pressioná-lo, mas não demais nem muito rápido. Não vou fazê-lo ter pesadelos! Acredite em mim, quero esclarecer isso, compreender isso, tanto quanto você. Você é um paciente inteligente e cooperativo, e um homem corajoso por suportar tanta ansiedade, sozinho, por tanto tempo. Vamos superar isso, George. Acredite em mim.

Orr não acreditava nele totalmente, mas Haber era tão convincente quanto um pastor. E, além disso, Orr queria conseguir acreditar nele.

Então não disse nada, mas se deitou no divã e se submeteu ao toque da mão enorme em sua garganta.

— Ok! Prontinho! Com o que você sonhou, George? Vamos ver esse sonho saído do forno.

Ele se sentiu enjoado e tolo.

— Algo sobre os mares do sul... cocos... não consigo me lembrar. — Esfregou a cabeça, coçou-se sob a barba curta, inspirou fundo. Ansiava por um copo de água gelada. — Então, eu... sonhei que você estava caminhando com John Kennedy, o presidente, acho que descendo a Rua Alder. Eu estava mais ou menos seguindo, acho que estava carregando algo para um de vocês. Kennedy estava com o guarda-chuva erguido... eu o vi de perfil, como nas moedas antigas de cinquenta centavos... e você disse: "O senhor não vai mais precisar disso, senhor presidente" e o tomou de sua mão. Ele pareceu incomodado com isso, falou algo que não consegui entender. Mas tinha parado de chover, o sol havia saído, então ele disse: "Suponho que agora você esteja certo"... *Parou* de chover.

— Como você sabe?

Orr suspirou.

— Você vai ver quando sair. Por hoje é isso?

— Estou preparado para mais. Bill está no governo, entende!

— Estou exausto.

— Bem, então tudo bem, concluído por hoje. Escute, e se fizéssemos as sessões à noite? Permitindo que você durma de forma natural, usando a hipnose apenas para sugerir o conteúdo do sonho. Isso deixaria sua jornada de trabalho livre, e meu horário de trabalho *é* à noite, metade do tempo; uma coisa que pesquisadores do sono raramente fazem é dormir! Isso aumentaria tremendamente nossa velocidade e evitaria que você precisasse usar alguma droga supressora de sonhos. Quer tentar? Que tal sexta à noite?

— Tenho um compromisso — Orr disse, e ficou surpreso com a própria mentira.

— Sábado, então.

— Tudo bem.

Saiu levando seu casaco de chuva úmido no braço. Não havia necessidade de vesti-lo. O sonho com Kennedy fora muito efetivo. Ele não tinha dúvidas sobre esses sonhos quando os tinha. Não importava quanto o conteúdo fosse sem graça, ele acordava desses sonhos se lembrando deles com profunda clareza e se sentindo debilitado e irritado, como alguém se sentiria depois de fazer um enorme esforço físico para resistir a uma força esmagadora, massacrante. Sozinho, ele não passava por um desses mais de uma vez por mês ou uma vez a cada seis semanas; foi o *medo* que o deixou obcecado. Agora, com o Ampliador que o mantinha no sono com sonho, e com as sugestões hipnóticas insistindo que ele sonhasse de modo efetivo, em dois dias, entre quatro sonhos, três foram efetivos. Ou seja, descontando o sonho do coco, que fora mais exatamente o que Haber chamara de um mero murmúrio de imagens, três em três. Ele estava exausto.

Não estava chovendo. Quando saiu pelo portal da Willamette East Tower, o céu de março estava alto e límpido acima dos desfiladeiros de ruas. O vento mudou, soprando do leste, o vento seco do deserto que de tempos em tempos vivificava o clima úmido, quente, triste e cinzento do vale de Willamette.

O ar mais límpido elevou um pouco seu estado de espírito. Ele endireitou os ombros e saiu, tentando ignorar uma tênue vertigem que devia ser resultado combinado de fadiga, ansiedade, duas sonecas curtas em um período não habitual do dia e uma descida de elevador de 62 andares.

Será que o médico disse a ele para sonhar que tinha parado de chover? Ou a sugestão fora para sonhar com Kennedy (que agora, pensando bem, tinha a barba de Abraham Lincoln)? Ou sobre o próprio Haber? Ele não tinha como saber. A parte efetiva do sonho fora a interrupção da chuva, a mudança do clima; mas isso não provava nada. Muitas vezes, não era o elemento aparentemente extraordinário ou evidente de um sonho que era efetivo. Ele suspeitava que Kennedy, por alguma razão subconsciente, fora um acréscimo que ele mesmo fizera, mas não podia ter certeza.

Desceu até a estação East Broadway do metrô com inúmeras outras pessoas. Colocou uma nota de cinco dólares na máquina de bilhetes, pegou seu bilhete, entrou na escuridão sob o rio.

A vertigem aumentou, no corpo e na mente.

Passar sob um rio: era uma coisa estranha a se fazer, uma ideia realmente esquisita.

Atravessar um rio, cruzá-lo, caminhar nele, nadar nele, usar barco, balsa, ponte, avião, subir e descer na incessante renovação e fonte de correnteza: tudo isso faz sentido. Mas passar sob o rio envolve algo que é, no sentido fundamental da palavra, perverso. Há trilhas, na mente e fora dela, cuja mera complexidade demonstra claramente que, para se chegar a elas, um retorno equivocado deve ter sido tomado muito tempo antes.

Havia nove túneis para trens e caminhões sob o Willamette, dezesseis pontes sobre ele e margens concretadas que se estendiam por 43 quilômetros. O controle de inundação no rio e em seu maior afluente, o Columbia, alguns quilômetros rio abaixo a partir do centro de Portland, era tão desenvolvido que nenhum rio subia mais do que 13 centímetros, mesmo depois das chuvas torrenciais mais longas. O Willamette era um elemento útil do ambiente, como um animal de carga enorme, dócil, dominado com arreios, correntes, varas, selas, freios de boca, chinchas, peias. Se não fosse útil, obviamente teria sido concretado, como as centenas de riachos e córregos que desciam na escuridão das colinas da cidade, sob ruas e prédios. Mas sem ele, Portland não seria um porto; os navios, as longas fileiras de barcaças, as grandes balsas de detritos ainda o subiam e desciam. Então, os caminhões, trens e os poucos carros particulares tinham de passar sobre o rio, ou abaixo dele. Acima das cabeças dos passageiros do trem da CTM no túnel

Broadway havia toneladas de rochas e cascalhos, toneladas de água corrente, um monte de embarcadouros e quilhas de navios transatlânticos, as enormes estruturas de concreto das pontes e acessos elevados das rodovias, um comboio de vagões a vapor carregados com galinhas em gaiolas de bateria, um avião a jato a dez mil metros de altura, as estrelas a mais de 4,3 anos-luz. Na escuridão subfluvial, pálido sob as luzes fluorescentes e tremulantes do vagão do trem, George Orr cambaleou se segurando em uma alça de aço de uma barra bamba entre milhares de outras almas. Sentiu a gravidade sobre si, o peso que o pressionava eternamente. Pensou: estou vivendo em um pesadelo do qual, de tempos em tempos, acordo, no sono.

Os atropelos e choques das pessoas que desciam na parada da estação Union destruíram esse pensamento sisudo em sua mente; ele dirigiu toda a sua concentração para continuar segurando a alça na barra. Ainda tonto, temia perdê-la e precisar se submeter de forma completa à força (m); poderia ficar enjoado.

O trem arrancou outra vez com um ruído que combinava igualmente profundos roncos abrasivos e altos gritos pungentes.

Todo o sistema da CTM tinha apenas quinze anos, mas fora construído com atraso e de modo apressado, com materiais de qualidade inferior, na época, e não antes, do colapso da economia dos carros particulares. Na verdade, os vagões dos trens tinham sido produzidos em Detroit e demonstravam isso na durabilidade e nos sons. Cidadão urbano e passageiro do metrô, Orr nem sequer ouvia aquele barulho. As terminações de seus nervos auditivos eram, na verdade, consideravelmente opacas à audição, embora ele tivesse apenas trinta anos e, em todo caso, o barulho fosse apenas o som de fundo do pesadelo. Ele estava pensando mais uma vez, após ter confirmado seu direito à alça na barra.

A ausência de lembrança da maioria dos sonhos o intrigava desde que, pela necessidade, passara a se interessar pelo assunto. Parece que o pensamento não consciente, seja na primeira infância ou no sonho, não fica disponível à lembrança consciente. Mas ele perdia a consciência durante a hipnose? De forma alguma: ficava bem desperto, até ser comandado a dormir. Por que, então, não conseguia se lembrar? Aquilo o preocupava. Ele queria saber o que Haber estava fazendo. O primeiro sonho daquela tarde, por exemplo: será que o médico apenas lhe dissera para sonhar com o cavalo outra vez? E, o que seria constrangedor, ele mesmo tinha acrescentado a merda de cavalo? Ou o médico especificara a merda, o que seria constrangedor de um jeito diferente? Talvez Haber tivesse sorte por não ter acabado com um monte enorme e fumegante de esterco no carpete do consultório. Em certo sentido, óbvio, isso aparecera: na foto da montanha.

Orr se endireitou como se tivesse sido cutucado enquanto o trem berrava ao entrar na estação da Rua Alder. *A montanha*, ele pensou enquanto 68 pessoas o acotovelavam, empurravam e espancavam ao passar por ele rumo à porta. A montanha. Ele me disse para colocar a montanha de volta em meu sonho. Então, fiz o cavalo colocar a montanha de volta. Mas se ele me disse para colocar a montanha de volta, ele *sabia que ela tinha estado ali antes do cavalo*. Ele sabia. Ele viu o primeiro sonho alterar a realidade. Ele viu a alteração. Ele acredita em mim. *Não* sou louco!

Uma alegria tão grande preencheu Orr que, entre as 42 pessoas que estavam se enfiando no vagão enquanto ele pensava nessas coisas, as sete ou oito imprensadas ao seu redor sentiram um leve, mas nítido, calor de benevolência ou alívio. A mulher, que não conseguira tirar a alça dele, sentiu uma interrupção abençoada da dor aguda em seu calo; o homem que se espremia contra ele do lado esquerdo de repente pensou na luz do sol; o velho sentado e encolhido bem à sua frente se esqueceu, por um instante, de que estava com fome.

Orr não raciocinava rápido. Na verdade, ele não raciocinava. Chegava às ideias de um jeito lento, sem nunca deslizar pelo gelo firme e cristalino da lógica nem planar nos turbilhões da imaginação, mas pelejava e se arrastava no terreno pantanoso da existência. Ele não enxergava as relações entre as coisas, o que é, dizem, a característica da inteligência. Ele *sentia* as conexões – como um encanador. Na verdade, não era um homem burro, mas não usava nem a metade do que poderia usar do cérebro, nem com metade da rapidez. Somente depois de sair do metrô, no lado oeste da ponte Ross Island, caminhar colina acima por vários quarteirões, subir dezoito andares de elevador – até seu apartamento de um cômodo medindo 2,50 x 3,30 metros no condomínio Corbett (more barato e com estilo no centro da cidade!), que tinha vinte andares exclusivos para locação e era feito em aço e concreto barato –, colocar uma fatia de pão de soja no forno infravermelho, tirar uma cerveja da parede refrigeradora e ficar algum tempo diante da janela (ele pagava o dobro por um cômodo externo) olhando para as colinas ao oeste de Portland, cobertas por torres cintilantes, cheias de luzes e vida, ele, enfim, pensou: por que o dr. Haber não me *disse* que sabe que meus sonhos são efetivos?

Ruminou esse pensamento por alguns instantes. Trabalhou nele, tentou sustentá-lo, considerou-o muito vultoso.

Pensou: agora Haber sabe que o mural se alterou duas vezes. Por que não falou nada? Ele deve saber que eu estava com medo de estar louco. Diz que está me ajudando. Ajudaria muito se me dissesse que consegue enxergar o que eu enxergo, se me dissesse que não é apenas delírio.

Agora ele sabe – Orr pensou, depois de um longo e demorado gole de cerveja – que parou de chover. Entretanto, quando eu lhe disse isso, ele não foi olhar. Talvez estivesse com medo. Deve ser isso. Está assustado com essa coisa toda e quer saber mais antes de me dizer o que realmente pensa a respeito. Bem, não posso culpá-lo. Estranho seria se ele não estivesse assustado.

Mas quero saber o que ele fará quando se acostumar com a ideia... Quero saber como vai interromper meus sonhos, como vai evitar que eu altere as coisas. Preciso parar, isso já foi longe demais, longe demais...

Sacudiu a cabeça e deu as costas para as colinas radiantes e incrustadas de vida.

4

Nada perdura, nada é preciso e seguro (exceto a mente de uma pessoa pedante), a perfeição é o mero repúdio da inexatidão marginal e inelutável que é a característica mais profunda e misteriosa do Ser.

H. G. WELLS, *UMA UTOPIA MODERNA*

O ESCRITÓRIO DE ADVOCACIA FORMAN, ESSERBECK, GOODHUE e Rutti ficava em um edifício-garagem de 1973 adaptado para uso humano. Muitos dos antigos edifícios do centro de Portland tinham essa origem. Em determinada época, aliás, a maior parte do centro da cidade fora formada por locais para estacionar carros. No começo, eram, em sua maioria, terrenos planos asfaltados, entremeados por cabines de cobrança ou parquímetros, mas quando a população cresceu, eles subiram. Na verdade, os edifícios-garagem com elevadores automáticos haviam sido inventados em Portland há muito, muito tempo; e antes que os carros particulares se sufocassem com os próprios escapamentos, os edifícios-garagem com rampas tinham chegado a quinze e vinte andares. Nem todos foram demolidos depois dos anos 1980 para dar espaço a arranha-céus de escritórios e apartamentos; alguns foram adaptados. Este, no número 209 da Rua Burnside, ainda tinha o cheiro fantasmagórico da fumaça de gasolina. Seus pisos de cimento estavam manchados com excreções de inúmeros motores, os rastros dos pneus dos dinossauros estavam fossilizados na poeira de seus corredores cheios de ecos. Todos os andares possuíam um declive estranho, uma assimetria, devido à construção da rampa helicoidal central do edifício; no escritório da Forman, Esserbeck, Goodhue e Rutti nunca se tinha certeza de estar totalmente ereto.

A srta. Lelache se sentava atrás de uma estante de livros e arquivos que quase separava seu quase escritório do quase escritório do sr. Pearl; ela pensava em si mesma como uma Viúva Negra.

Estava ali sentada, venenosa – rija, reluzente e venenosa – aguardando, aguardando.

A vítima apareceu.

Uma vítima de nascença. Cabelos como os de uma garotinha, castanhos e finos, uma barbicha loira, pele branca macia, como a barriga de um peixe; obediente, gentil, gago. Merda! Se ela pisasse nele, ele nem sequer rangeria.

— Bem, acho que é um… um caso de… de direito à privacidade, mais ou menos — ele estava explicando. — Quer dizer, invasão de privacidade. Mas não tenho certeza. Por isso quis uma consulta.

— Bem. Desembucha — disse a srta. Lelache.

A vítima não conseguia desembuchar. Sua garganta gaga estava seca.

— O senhor está em Tratamento Terapêutico Voluntário — a srta. Lelache falou, referindo-se ao bilhete que o sr. Esserbeck lhe enviara previamente — por infração das normas federais de controle de distribuição de medicamentos nas farmácias de autoatendimento.

— Sim. Se eu concordar com o tratamento psiquiátrico não serei processado.

— Essa é a essência da coisa, sim — a advogada disse, seca. O homem lhe dava a impressão de não ser exatamente um boboca, mas era tão ingênuo que dava raiva. Ela pigarreou.

Ele pigarreou. Maria vai com as outras.

Aos poucos, entre muitas idas e vindas, ele explicou que sua terapia consistia basicamente em sono e sonho induzidos por hipnose. Ele tinha a sensação de que o psiquiatra, ao orientá-lo a sonhar determinados sonhos, poderia estar infringindo seu direito à privacidade conforme definido na Nova Constituição Federal de 1984.

— Bem, algo parecido aconteceu no Arizona no ano passado — disse a srta. Lelache. — Um homem em TTV tentou processar seu terapeuta por induzir nele tendências homossexuais. Óbvio que o psiquiatra estava apenas usando técnicas clássicas de condicionamento e o reclamante, na verdade, era um homossexual terrivelmente reprimido; ele foi preso por tentar violentar um menino de doze anos em plena luz do dia no parque Phoenix, antes mesmo de o caso ser levado à corte. Acabou na Terapia Obrigatória em Tehachapi. Bom, o que estou tentando dizer é que o senhor precisa ser cauteloso ao fazer esse tipo de alegação. A maioria dos psiquiatras que atendem pacientes encaminhados pelo governo são, eles mesmos, profissionais cautelosos e respeitáveis. Agora, se o senhor conseguir fornecer exemplos, alguma ocorrência, isso pode servir como evidência concreta; mas a mera suspeita não é suficiente. Na verdade, eles poderiam colocá-lo na Obrigatória, isto é, no Hospital Mental de Linnton, ou na cadeia.

— Eles poderiam... talvez apenas me dar outro psiquiatra?

— Bom. Não sem um motivo concreto. A Faculdade de Medicina o encaminhou para esse tal de Haber, e eles são bons por lá, sabe. Se o senhor apresentasse uma queixa contra Haber, os homens que a ouviriam na condição de especialistas muito provavelmente seriam caras da Faculdade de Medicina, talvez os mesmos que entrevistaram o senhor. Se não houver evidências, eles não vão confiar na palavra de um paciente contra a de um médico. Não nesse tipo de caso.

— Um caso de doença mental — o cliente concluiu, em tom triste.

— Exato.

Ele não disse nada por um instante. Por fim, ergueu os olhos para encontrar os dela, claros, límpidos – um olhar sem raiva e sem esperança; então sorriu e falou:

— Muito obrigado, srta. Lelache. Lamento ter desperdiçado seu tempo.

— Certo, espere! — ela pediu. Ele pode ser ingênuo, mas com certeza não parece maluco; nem sequer parece neurótico. Só parece desesperado. — Não precisa desistir tão facilmente. Eu não disse que não temos um caso. O senhor alega que quer se livrar das drogas e que, agora, o dr. Haber lhe dá uma dose mais forte de fenobarbital do que a que o senhor estava tomando por conta própria; isso poderia justificar uma investigação. Embora eu duvide muito que funcione. Mas a defesa do direito à privacidade é minha especialidade e quero saber se houve violação de privacidade. Eu só disse que não me *contou* seu caso… se é que tem um. O que, especificamente, esse médico fez?

— Se eu contar — o cliente afirmou, com desoladora objetividade —, a senhorita vai me achar maluco.

— Como sabe disso?

A srta. Lelache era refratária a influências, qualidade excelente em uma advogada, mas sabia que levava aquilo um pouco longe.

— Se eu contasse — o cliente disse, no mesmo tom de voz — que alguns dos meus sonhos exercem certa influência sobre a realidade e que o dr. Haber descobriu isso e está usando… esse meu talento para fins pessoais, sem meu consentimento… a senhorita acharia que sou maluco. Não acharia?

A srta. Lelache ficou olhando para ele por algum tempo, com o queixo nas mãos.

— Ok, continue — ela pediu por fim, em tom enfático. Ele estava corretíssimo a respeito do que ela estava pensando, mas até parece que ela iria admitir isso. De qualquer forma, e daí se ele era maluco? Quem, sendo são, conseguia viver neste mundo e não enlouquecer?

Ele baixou os olhos para as próprias mãos por um minuto, claramente tentando organizar os pensamentos.

— Sabe, ele tem aquela máquina. Um dispositivo parecido com um gravador de EEG, mas que produz uma espécie de análise e retroalimenta as ondas cerebrais.

— Quer dizer que ele é um cientista maluco com uma máquina infernal?

O cliente deu um sorriso abatido.

— Quando eu falo, parece que é assim. Não, acredito que ele tenha uma excelente reputação como cientista pesquisador, e que se dedique de forma genuína a ajudar as pessoas. Com certeza não tem a intenção de me prejudicar ou a qualquer outra pessoa. Seus motivos são muito elevados. — Ele viu o olhar de desilusão da Viúva Negra por um instante e gaguejou. — A... a máquina. Bem, não sei dizer como funciona, mas, de qualquer maneira, ele a está usando para manter meu cérebro no estado D... que é como ele chama... um dos termos para o tipo especial de sono que um indivíduo tem quando está sonhando. É bem diferente do sono normal. Pela hipnose, ele me manda dormir e depois liga sua máquina para que eu comece imediatamente a sonhar; normalmente não é assim. Ao menos é dessa forma que entendo. A máquina garante que estou sonhando e acho que também intensifica o estado de sonho. Então, eu sonho o que ele me diz, na hipnose, para sonhar.

— Bem, isso soa como um método infalível para um psicanalista conseguir analisar sonhos. Mas em vez disso ele está lhe dizendo o que sonhar, por sugestão hipnótica? Então, suponho que, por algum motivo, ele o está condicionando por meio dos sonhos. Veja, é fato consumado que, sob sugestão hipnótica, uma pessoa pode e irá fazer praticamente qualquer coisa, quer sua consciência permitisse ou não aquilo em seu estado normal. Esse fato é conhecido desde meados do século passado e foi estabelecido legalmente desde o caso *Somerville contra Projansky* em 1988. Bem, existe alguma base para acreditar que esse médico está usando a hipnose para lhe sugerir que faça alguma coisa perigosa, algo que o senhor considere moralmente repugnante?

O cliente hesitou.

— Perigosa, sim. Se a senhorita admitir que um sonho pode ser perigoso. Mas ele não me orienta a *fazer* coisa alguma. Apenas a *sonhá-la*.

— Bem, e os sonhos que ele sugere são moralmente repugnantes para o senhor?

— Ele não… não é um homem mau. Tem boas intenções. O que contesto é que ele está me usando como um instrumento, um meio… mesmo que seus fins sejam bons. Não posso julgá-lo… meus próprios sonhos tinham efeitos imorais, foi por isso que tentei suprimi-los com drogas e entrei nesse caos. E quero sair dele, me livrar das drogas, ficar curado. Mas ele não está me curando. Está me *encorajando*.

Depois de uma pausa, a srta. Lelache perguntou:

— A fazer o quê?

— A alterar a realidade, sonhando que ela é diferente — o cliente disse, de forma obstinada e desesperançosa.

A srta. Lelache mergulhou a ponta do queixo entre as mãos novamente e fixou o olhar por alguns instantes na caixa azul de clipes sobre a mesa, no ponto mais baixo de seu campo de visão. Lançou um olhar furtivo para o cliente ali sentado, gentil como nunca; mas ela agora pensava que ele com certeza não seria esmagado se ela pisasse nele, nem rangeria, sequer estalaria. Era extremamente sólido.

As pessoas que procuram um advogado têm a tendência de ficar na defensiva caso não estejam na ofensiva; estão, naturalmente, tentando obter algo: uma herança, uma propriedade, uma liminar, um divórcio, uma reclusão, o que for. Ela não conseguia imaginar o que aquele sujeito, tão inofensivo e sem defesas, estava tentando obter. O que ele dizia não fazia o menor sentido e, mesmo assim, não *parecia* sem sentido.

— Tudo bem — ela disse, cautelosa. — Então, o que há de errado com o que ele está fazendo através de seus sonhos?

— Eu não tenho o direito de alterar as coisas. Nem ele de me fazer alterá-las.

Céus, ele acreditava de fato naquilo; estava completamente no fundo do poço. Ainda assim, sua ética a atraía, como se ela também fosse um peixe nadando em círculos no fundo daquele poço.

— Alterar as coisas como? Que coisas? Dê um exemplo! — Ela não tinha compaixão por ele, como deveria ter por um homem doente, um esquizofrênico ou paranoico com delírios de manipulação da realidade. Ali estava "mais uma vítima destes nossos tempos que põem à prova a alma de um homem", como disse o presidente Merdle com sua oportuna capacidade de corromper uma citação, em seu discurso sobre o Estado da Nação. E ali estava ela sendo cruel com uma pobre, miserável e ensanguentada vítima com lacunas no cérebro. Mas a srta. Lelache não sentia vontade de ser bondosa com aquele homem. Ele podia suportar.

— A cabana — ele falou, depois de ponderar um pouco. — Em minha segunda consulta, ele estava perguntando sobre ter um lugar nas reservas do Oregon, sabe, um lugar no campo como nos romances antigos, um lugar para onde fugir. Óbvio que eu não tinha um. Quem tem? Mas semana passada ele deve ter me orientado a sonhar que sim. Porque agora tenho. Uma concessão de terra do governo, por trinta anos, depois da Floresta Nacional de Siuslaw, perto de Neskowin. Aluguei um carro elétrico e dirigi até lá no domingo para vê-la. É muito bonita, mas...

— Por que o senhor não deveria ter uma cabana? Isso é imoral? Muitas pessoas estão entrando nos sorteios para essas concessões desde que algumas das reservas foram abertas para isso no ano passado. O senhor só é um sortudo dos infernos.

— Mas eu não tinha — ele explicou. — Ninguém tinha. Os parques e florestas eram reservas estritamente ambientais, o que havia sobrado delas, com acampamentos apenas nas margens. Não existiam cabanas concedidas pelo governo. Até sexta-feira passada. Quando sonhei que existiam.

— Mas, veja, sr. Orr, eu *sei*...

— Eu sei que sabe — ele disse em tom suave. — Eu também sei. Sei que decidiram conceder partes das reservas nacionais na primavera passada. E eu me inscrevi, e meu número foi sorteado e assim por diante. Só que também sei que isso não era verdade até sexta-feira. E o dr. Haber também sabe disso.

— Então, seu sonho de sexta-feira — ela perguntou, zombando — alterou a realidade retrospectivamente para todo o estado do Oregon e afetou uma decisão em Washington no ano passado e apagou a memória de todo mundo, exceto a sua e a do seu médico? Que sonho! Consegue se lembrar dele?

— Sim — ele respondeu ressentido, mas seguro. — Era sobre uma cabana e o riacho diante dela. Eu não esperava que a senhorita acreditasse, srta. Lelache. Não acho nem mesmo que o dr. Haber se deu conta ainda; ele não vai esperar e se acostumar com a ideia. Se fizesse isso, seria mais cauteloso. Veja, funciona assim: se ele me dissesse, sob hipnose, para sonhar que existia um cachorro cor-de-rosa na sala, eu faria isso; mas o cachorro não poderia estar lá, já que cães cor-de-rosa não existem na ordem natural, não são parte da realidade. O que aconteceria: ou eu encontraria um poodle branco tingido de rosa e um motivo plausível para ele estar ali ou, se ele insistisse que fosse um cão rosa autêntico, eu teria de alterar a ordem natural para inserir nela os cães cor-de-rosa. Em todo o mundo. Desde o Pleistoceno ou seja lá quando os cães surgiram. Eles teriam sempre existido nas cores preta, marrom, caramelo, branca e rosa. E um dos cães cor-de-rosa entraria perambulando pelo corredor; seria o collie dele, ou o pequinês da recepcionista ou algo assim. Nada de milagroso. Nada artificial. Cada sonho abrange toda sua trajetória. Apenas haveria um cão cor-de-rosa normal e corriqueiro ali quando eu acordasse, com um excelente motivo para estar ali. E ninguém teria consciência de alguma coisa diferente, exceto eu... e o doutor. Eu mantenho as duas lembranças, das duas realidades. O dr. Haber também. Ele está ali no momento da alteração, sabe sobre o que é o sonho. Ele não admite que sabe, mas eu sei que sabe. Para todas as outras pessoas, sempre houve cães cor-de-rosa. Para mim, e para ele, há... mas não havia antes.

— Trajetórias temporais duplas, universos alternados — disse a srta. Lelache. — O senhor assiste a muitos programas de TV antigos?

— Não — o cliente respondeu, quase tão seco quanto ela. — Não estou pedindo que acredite nisso. Com certeza não sem evidências.

— Puxa, graças a Deus!

Ele sorriu, quase riu. Tinha um rosto bondoso; parecia, por algum motivo, gostar dela.

— Mas veja, sr. Orr, como raios o senhor conseguiria evidências dos seus *sonhos*? Especialmente se destrói as evidências toda vez que sonha, alterando tudo desde o Pleistoceno?

— A senhorita pode... — ele disse, de repente intenso, como se tivesse recuperado a esperança — pode, agindo como minha advogada, pedir para estar presente a uma das sessões com o dr. Haber... se estiver disposta?

— Bem. É factível. Isso pode ser conseguido, se for por uma boa causa. Mas veja, convocar uma advogada como testemunha em um possível caso de violação de privacidade vai arruinar toda a relação terapeuta-paciente. Não que a relação em curso pareça muito boa, mas é difícil julgar de fora. A verdade é: o senhor precisa confiar nele e, sabe, ele também tem que, de certo modo, confiar no senhor. Se colocar uma advogada contra ele porque quer tirá-lo da sua cabeça... Bem, o que ele pode fazer? O dr. Haber está, supostamente, tentando ajudá-lo.

— Sim. Mas está me usando com fins experi... — Orr não prosseguiu; a srta. Lelache havia enrijecido, a aranha tinha, enfim, avistado sua presa.

— Fins experimentais? Será que está? O quê? Essa máquina de que o senhor falou... é experimental? Tem a aprovação do DESAS? O que o senhor assinou, alguma autorização, algo além dos formulários do TTV e do termo de consentimento para a hipnose? Nada? Parece que poderia haver motivo para queixa, sr. Orr.

— A senhorita conseguiria vir observar uma sessão?

— Talvez. A linha a seguir seria a dos direitos civis, claro, não a de privacidade.

— Entende que não estou tentando criar problemas para o dr. Haber? — ele perguntou, parecendo preocupado. — Não quero fazer isso. Sei que ele tem boas intenções. Mas só quero ser curado, não usado.

— Se os motivos dele forem benignos, e se ele estiver usando um dispositivo experimental em uma cobaia humana, então ele deve considerar isso completamente rotineiro, sem ressentimentos; se for legal, ele não terá problema algum. Já fiz dois trabalhos como este, a serviço do DESAS. Observei um novo indutor de hipnose em atividade na Faculdade de Medicina, que não funcionou, e acompanhei uma demonstração de como induzir agorafobia por sugestão, para que as pessoas fiquem contentes em meio à multidão, no

Instituto em Forest Grove. Esse funcionou, mas não foi aprovado, decidimos que isso está sob o controle das leis de lavagem cerebral. Mas é provável que eu consiga um requerimento do DESAS para investigar esse troço que seu médico está usando. Isso deixaria o senhor fora da equação. Não irei como sua advogada, de forma alguma. Na verdade, talvez eu nem o conheça. Sou uma funcionária credenciada pela UALC como observadora do DESAS. Depois, se não chegarmos a lugar nenhum com isso, o senhor e ele ficam com a mesma relação de antes. O único problema é que preciso ser convidada para as *suas* sessões.

— Sou o único paciente psiquiátrico em que ele está usando o Ampliador, ele me falou isso. Disse que ainda está trabalhando nele... aperfeiçoando-o.

— Então, o que quer que ele esteja lhe fazendo com isso, realmente é experimental. Ótimo. Tudo bem. Verei o que posso fazer. Vai levar uma semana, mais ou menos, para aprovar os formulários.

Ele pareceu angustiado.

— O senhor não vai sonhar que eu deixei de existir durante essa semana, sr. Orr? — ela disse, ouvindo a própria voz quitinosa, estalando as mandíbulas.

— Não voluntariamente — ele respondeu com gratidão... Não, por Deus, aquilo não era gratidão, era afinidade. Ele gostava dela. Era um pobre coitado maluco e psicótico drogado, ele *queria* gostar dela. Ela gostava dele. Estendeu sua mão marrom, ele correspondeu com sua mão branca, igualzinho àquele maldito botton que a mãe dela sempre deixava no fundo da caixa de contas, SCNN ou SNCC ou alguma coisa à qual ela pertencera lá na metade do século passado, a mão negra e a mão branca juntas. Meu Deus!

5

Quando perdemos o Grande Caminho, encontramos a benevolência e a virtude.

LAO TSE: XVIII

SORRIDENTE, WILLIAM HABER SUBIU OS DEGRAUS DO Instituto Onirológico do Oregon e atravessou as altas portas de vidro polarizado, entrando no frio seco do ar-condicionado. Ainda era 24 de março e lá fora já estava uma sauna, mas ali dentro tudo era fresco, limpo e calmo. Piso de mármore, mobília discreta, balcão de recepção de cromo escovado, recepcionista bem maquiada:

— Bom dia, dr. Haber!

No corredor, saindo da ala de pesquisas, Atwood passou por ele com os olhos vermelhos e os cabelos desalinhados depois de uma noite monitorando os EEGs dos pacientes adormecidos; atualmente os computadores faziam muita coisa, mas ainda havia momentos em que uma mente não programada se fazia necessária.

— Dia, chefe — Atwood murmurou.

E a srta. Crouch, no escritório dele:

— *Bom* dia, doutor!

Ele estava feliz por ter levado Penny Crouch consigo quando se mudou para o escritório de diretor do instituto, no ano anterior.

Ela era leal e habilidosa, e um homem no comando de uma grande e complexa instituição de pesquisa precisa de uma mulher leal e habilidosa na antessala de seu escritório.

Esticou o passo para entrar em seu refúgio.

Largou a maleta e os fichários no divã, alongou os braços e, então, como sempre fazia ao entrar no escritório, caminhou até a janela. Era uma grande janela de canto com vista abrangente para o leste e o norte: o contorno do Willamette, cheio de pontes, aproximando-se do pé das colinas; dos dois lados do rio, as incontáveis torres da cidade, altas e lácteas sob a névoa da primavera; os subúrbios sumindo a perder de vista no interior remoto até onde os contrafortes se elevavam, e os montes. O Hood, imenso, embora distante, plasmando nuvens em seu topo; na direção norte, o longínquo Adams, como um dente molar; e então o cone perfeito do Santa Helena, de cuja longa encosta cinzenta e envergada, ainda mais distante em direção ao norte, se destacava um domo descoberto, como um bebê procurando a barra da saia da mãe: o monte Rainier.

Era uma vista inspiradora. Nunca deixava de animar o dr. Haber. Além do mais, depois de uma semana inteira de chuva, a pressão barométrica estava elevada e o sol ressurgira sobre a neblina do rio. Devido às milhares de leituras de EEG, ele estava plenamente ciente das relações entre pressão atmosférica e sensação de sobrecarga mental, e quase sentiu seu psicossoma flutuar com aquele vento forte e seco. Preciso manter isso assim, essa melhora no clima, ele pensou depressa, de forma quase sub-reptícia. Várias séries de pensamentos encadeados se formavam ao mesmo tempo em sua mente, e aquela nota mental não era parte de nenhuma delas. Foi rapidamente elaborada e arquivada na memória com a mesma rapidez, enquanto ele acionava o gravador sobre a mesa e começava a ditar uma das muitas cartas exigidas na administração de um instituto de pesquisas científicas ligado ao governo. Era uma tarefa padronizada, claro, mas precisava ser feita, e ele era o homem para fazê-la. Não se ressentia, embora aquilo reduzisse drasticamente seu tempo de pesquisa. Em geral, agora ele só ficava no laboratório cinco ou seis horas por semana e tinha apenas um paciente, embora, óbvio, supervisionasse a terapia de muitos outros.

Um paciente, entretanto, ele fizera questão de manter. Afinal, era psiquiatra. Tinha enveredado pela pesquisa sobre o sono e a onirologia para, em primeiro lugar, descobrir aplicações terapêuticas. Não estava interessado no conhecimento isolado, na ciência pela ciência: não havia utilidade em aprender algo que não era aplicável. A relevância era seu princípio. Teria sempre um paciente para lembrá-lo do compromisso fundamental, para mantê-lo em contato com a realidade humana de sua pesquisa relativa à estrutura desequilibrada da personalidade de determinadas pessoas. Pois não há nada importante, exceto as pessoas. Uma pessoa só é definida pelo grau de sua influência sobre outras pessoas, por seu círculo de inter-relações; e moralidade é um termo completamente desprovido de sentido, a menos que seja definido como o bem que uma pessoa faz por outras, pelo cumprimento de sua função no todo sociopolítico.

Seu paciente atual, Orr, viria às 16h, pois tinham desistido das sessões noturnas, e – a srta. Crouch o lembrara durante o horário de almoço – um inspetor do DESAS viria observar a sessão de hoje para garantir que não havia nada ilegal, imoral, inseguro, insensível, in-etc., em relação ao funcionamento do Ampliador. Governo intrometido dos infernos.

Aquele era o problema do sucesso: a publicidade, o interesse público, a inveja profissional, a rivalidade com os pares que o acompanhavam. Se ainda fosse um pesquisador do setor privado, associado ao laboratório de sono da PSU e com um consultório na Willamette East Tower, a probabilidade seria de que ninguém percebesse seu Ampliador até que ele decidisse que estava pronto para ir para o mercado, e ele teria sido deixado em paz para refinar e aperfeiçoar o dispositivo e suas aplicações. Agora, lá estava ele, realizando a parte mais reservada e delicada de seu negócio – a psicoterapia de um paciente desequilibrado –, então o governo teve que enviar um advogado intrometido que não compreendia metade do que acontecia e se equivocava quanto ao resto.

O advogado chegou às 15h45 e Haber, com passadas largas, foi até a antessala do escritório para cumprimentá-lo – cumprimentá-la; no fim das contas, era uma mulher – e deixar uma primeira impressão amistosa e simpática de imediato. Era melhor que vissem que ele não tinha medo, era cooperativo e cordial. Grande parte dos médicos deixavam seu ressentimento evidente quando recebiam um inspetor do DESAS, e esses médicos não conseguiam muitos subsídios do governo.

Não era nada fácil ser cordial e simpático com aquela advogada. Ela estalava e tinia. O estalo do pesado fecho de latão na bolsa, o tinido das pesadas bijuterias de cobre e latão, os sapatos de saltos grossos e o enorme anel de prata com o desenho horroroso de uma máscara africana, as sobrancelhas franzidas, a voz dura: *tac*, *tec*, *tic*… Depois de vinte segundos, Haber suspeitou que todo aquele conjunto era, na verdade, uma máscara, como o anel denotava: muito som e fúria significavam timidez. Isso, entretanto, não era da sua conta. Ele jamais conheceria a mulher por trás da máscara e essa mulher não era importante, contanto que ele conseguisse deixar a impressão certa na srta. Lelache, a advogada.

Se as coisas não tinham se passado com cordialidade, ao menos não tinham dado errado; ela era competente, já fizera aquilo antes, e fez a lição de casa para aquela missão em especial. Sabia o que perguntar e como ouvir.

— Esse paciente, George Orr — ela perguntou —, não é um dependente, certo? Está diagnosticado como psicótico ou desequilibrado depois de três semanas de terapia?

— Desequilibrado, segundo a definição do termo pelo Departamento de Saúde. Profundamente desequilibrado, com tendências a distorcer a realidade, mas está melhorando com o tratamento atual.

Ela tinha um gravador de bolso e estava registrando tudo: a cada cinco segundos, como exigia a lei, aquela coisa fazia *tip*.

— Poderia, por favor, descrever o método terapêutico que está empregando *tip* e explicar o papel que esse dispositivo tem nele? Não me diga como *tip* funciona, isso está em seu relatório, mas o que ele faz. *Tip* por exemplo, em que seu uso difere do Elektroson ou do trancap?

— Bem, esses dispositivos, como você sabe, produzem vários pulsos de baixa frequência que estimulam os neurônios no córtex cerebral. Esses sinais são o que poderíamos chamar de genéricos; seu efeito sobre o cérebro é obtido, basicamente, de modo semelhante ao das luzes estroboscópicas em um ritmo instável ou ao do estímulo auditivo, como a batida de um tambor. O Ampliador gera um sinal específico, que pode ser captado por uma área específica do cérebro. Por exemplo, como você sabe, um paciente pode ser treinado para produzir o ritmo alfa quando quiser; mas o Ampliador pode induzi-lo sem qualquer treinamento, mesmo quando estiver em uma situação que, em geral, não favorece o ritmo alfa. A máquina transmite um ritmo alfa de nove ciclos por meio de eletrodos em posições específicas e, em segundos, o cérebro consegue aceitar aquele ritmo e começar a produzir as ondas alfa tão regularmente quanto um zen-budista em transe. De modo similar, e com maior proveito, qualquer estágio do sono pode ser induzido, com seus ciclos e atividades regionais típicos.

— Ele pode estimular o centro do prazer, a área da fala?

Ah, o brilho moralista nos olhos de observadores da UALC, sempre que vinha à tona aquela parte do centro do prazer! Haber dissimulou toda sua ironia e irritação e respondeu com sinceridade amistosa:

— Não. Não, veja bem, não é como a EEC. Não é como uma estimulação elétrica ou química de qualquer área; não envolve nenhuma intromissão em áreas específicas do cérebro. O Ampliador apenas induz a alteração da atividade do cérebro como um todo, a mudança para outro de seus estados naturais. É quase como uma melodia que gruda na mente e faz uma pessoa bater os pés. Assim, o cérebro inicia e mantém a condição desejada para análise ou terapia, pelo tempo necessário. Dei a ele o nome de Ampliador para chamar atenção para sua função não criativa. Nada é imposto de fora. O sono induzido pelo Ampliador tem, precisa e literalmente, a forma e as características do sono normal naquele cérebro específico. A diferença entre o dispositivo e as máquinas elétricas de sono pode ser comparada à dos ternos feitos por um alfaiate particular e os de produção em massa. A diferença entre ele e a implantação de eletrodos é... ora... a de um bisturi para uma marreta!

— Mas como o senhor cria os estímulos usados? Por exemplo, *tip* o senhor registra um ritmo alfa de um paciente para usar em outro *tip*?

Ele vinha evitando aquela questão. Não pretendia mentir, óbvio, mas não adiantava falar sobre uma pesquisa incompleta até que estivesse concluída e testada; aquilo poderia dar uma impressão totalmente falsa a alguém que não era especialista. Entregou-se à resposta com prontidão, contente em ouvir a própria voz em vez de estalos, tinidos de pulseiras e *tips*; era curioso que ele só ouvisse aqueles pequenos sons irritantes quando ela estava falando.

— No início, usei um conjunto genérico de estímulos, uma média calculada a partir dos registros de vários pacientes. O paciente depressivo mencionado no relatório foi tratado com sucesso dessa forma. Mas senti que os efeitos eram mais aleatórios e erráticos do que eu gostaria. Comecei a fazer experimentos. Em animais, óbvio. Gatos. Nós, pesquisadores do sono, gostamos dos gatos, sabe; eles dormem muito! Bem, com cobaias animais descobri que a linha mais promissora era usar registros prévios de ritmos do próprio cérebro do paciente. Uma espécie de autoestimulação por meio de gravações. Veja, é a especificidade que busco. Um cérebro reage a seu próprio ritmo alfa imediatamente e de forma espontânea. Agora, é claro que existem oportunidades terapêuticas em aberto seguindo a outra linha de pesquisa. Poderia ser possível impor, de forma gradual, um padrão um pouco diferente do emitido pelo próprio paciente: um padrão mais saudável ou mais completo. Um que fosse registrado com antecedência, daquele paciente, se possível, ou de um paciente diferente. Isso poderia resultar em algo tremendamente útil nos casos de danos, lesões e traumas cerebrais; poderia ajudar um cérebro lesionado a restabelecer antigos hábitos por novos meios... Algo que o cérebro luta muito e por muito tempo para fazer por si mesmo. Isso poderia ser usado para "ensinar" novos hábitos a um cérebro que tem o funcionamento anormal e assim por diante. No entanto, a esta altura, tudo isso é especulação; caso, e quando, eu retomar as pesquisas nessa linha obviamente farei um novo registro no DESAS. — Isso era totalmente verdade. Não era necessário mencionar que ele estava fazendo pesquisas seguindo aquela linha, já que, até o momento, aquilo era bastante inconclusivo e seria apenas compreendido de forma equivocada. — O modelo de autoestimulação por gravação que estou usando nesta terapia pode ser descrito como isento de efeito no paciente, além daquele exercido durante o período de funcionamento da máquina: cinco a dez minutos. — Haber conhecia mais sobre qualquer especialidade dos advogados do DESAS do que ela conhecia sobre a dele; percebeu que ela concordou, em um leve movimento de cabeça, com a última frase; era exatamente nisso que estava interessada.

Mas então ela perguntou:

— O que a máquina *faz*, então?

— Sim, eu ia chegar a isso — Haber respondeu e reajustou seu tom rapidamente, uma vez que a irritação estava começando a transparecer. — O que temos neste caso é um paciente com medo de sonhar: um oneirófobo. Meu tratamento é, basicamente, um condicionamento simples dentro da tradição clássica da psicologia moderna. O paciente é induzido a sonhar aqui, sob condições controladas; o conteúdo do sonho e o estado emocional são manipulados por meio de sugestão hipnótica. O paciente está sendo ensinado que pode sonhar em segurança, de modo prazeroso, *et cetera*, um condicionamento positivo que vai deixá-lo livre da fobia. O Ampliador é o instrumento ideal para esse objetivo. Garante que ele irá sonhar, incitando e, depois, reforçando a atividade típica de seu estado D. Um paciente pode levar até uma hora e meia para passar pelos vários estágios do sono S e alcançar o estado D sozinho, um tempo impraticável para sessões terapêuticas que acontecem durante o dia e, além disso, durante o sono profundo a força das sugestões hipnóticas relativas ao conteúdo do sonho poderia se perder parcialmente. Isso não é desejável; enquanto ele está em condicionamento, é fundamental que não tenha qualquer sonho aflitivo, qualquer pesadelo. Portanto, o Ampliador me oferece tanto um dispositivo de economia de tempo como um fator de segurança. A terapia poderia ser realizada sem ele, mas isso provavelmente levaria meses. Com ele, estimo que leve semanas. O Ampliador pode resultar em uma grande economia de tempo, em casos apropriados, como a própria hipnose se mostrou para a psicanálise e para a terapia de condicionamento.

Tip disse o gravador da advogada e *bong* disse seu próprio comunicador de mesa em um tom fraco, profundo e autoritário. Graças a Deus.

— Aí está nosso paciente. Agora, srta. Lelache, sugiro que você o conheça e podemos conversar um pouco, se quiser; depois, talvez você possa ficar invisível ali naquela poltrona de couro do canto, certo? Sua presença não deve fazer nenhuma diferença real para o paciente, mas se for lembrado dela o tempo todo, isso pode retardar demais as coisas. Ele é uma pessoa em estado bastante severo de ansiedade, entende, com tendência a interpretar os fatos como ameaças pessoais, e uma série de delírios defensivos constituída... como você poderá observar. Ah, sim, e o gravador desligado, com certeza, uma sessão de terapia não é para ser gravada. Certo? Ok... ótimo. Sim, olá George, entre! Esta é a srta. Lelache, a inspetora do DESAS. Ela está aqui para ver o Ampliador em uso. — Os dois deram um aperto de mão de maneira ridiculamente formal. *Clang, blém!* fizeram as pulseiras da advogada. O contraste divertiu Haber: a mulher desagradável e violenta, o homem submisso e desinteressante. Não tinham absolutamente nada em comum.

— Agora — disse ele, gostando de comandar o espetáculo —, sugiro darmos andamento ao que interessa. A menos que você, George, tenha algum assunto especial em mente sobre o qual queira conversar antes. — Com os próprios movimentos, que pareciam tímidos, ele ia organizando as coisas: Lelache na poltrona do canto, Orr no divã. — Ok, então, ótimo. Vamos liberar um sonho; que, por acaso, vai constituir, para o DESAS, um registro do fato de que o Ampliador não solta as unhas dos dedos de seus pés, não enrijece suas artérias, não explode sua mente nem tem absolutamente nenhum efeito colateral que seja, exceto, talvez, uma leve queda compensatória nos sonhos desta noite. — Quando terminou a frase, ele estendeu a mão direita e colocou-a na garganta de Orr, de modo quase casual.

Orr recuou do toque como se nunca tivesse sido hipnotizado. Depois, se desculpou.

— Desculpe. Você avançou muito de repente.

Era necessário hipnotizá-lo de novo, empregando o método de indução v-c, que era perfeitamente legal, claro, mas um pouco mais dramático do que aquele que Haber gostaria de utilizar na frente de uma observadora do DESAS; ele estava furioso com Orr, em quem vinha percebendo uma crescente resistência nas últimas cinco ou seis sessões. Uma vez que tivesse o homem sob controle, colocaria uma fita que ele mesmo editou com todas as tediosas repetições de aprofundamento do transe e a sugestão pós-hipnótica para a nova hipnose: "Agora você está confortável e relaxado. Está mergulhando em um transe cada vez mais profundo", e assim por diante. Enquanto a fita tocava, ele voltou à sua mesa e examinou alguns papéis com uma expressão calma e séria no rosto, ignorando Lelache. Ela ficou imóvel, sabendo que o procedimento hipnótico não deve ser interrompido; estava olhando pela janela, para as torres da cidade.

Haber, enfim, parou a fita e colocou o trancap na cabeça de Orr.

— Agora, enquanto o estou conectando, vamos falar sobre o tipo de sonho que você terá, George. Você tem vontade de falar disso, não tem? — Houve um movimento lento de concordância do paciente. — Da última vez que esteve aqui, falamos sobre algumas coisas que o preocupam. Você disse que gosta de seu emprego, mas não gosta de pegar o metrô para ir trabalhar. Você se sente cercado pela multidão… comprimido, prensado. Sente-se como se não tivesse um espaço mínimo, como se não fosse livre.

Ele fez uma pausa e o paciente, que sempre fora taciturno na hipnose, por fim respondeu apenas:

— Superpopulação.

— Uhum, essa foi a palavra que você usou. Essa é sua palavra, sua metáfora, para esse sentimento de falta de liberdade. Bem, agora vamos discutir essa palavra. Você sabe que lá atrás, no século XVIII, Malthus deu o alerta sobre o crescimento populacional; e houve outra crise de pânico cerca de trinta, quarenta anos atrás. A população com certeza aumentou, mas todos os horrores que eles previram simplesmente não se realizaram. Não é tão ruim quanto disseram que seria. Aqui nos Estados Unidos, sobrevivemos bem e, se nosso padrão de vida precisou ser reduzido de alguma maneira, é ainda mais elevado do que na última geração. Mas, talvez, o pavor excessivo da superpopulação, da aglomeração excessiva, não reflita uma realidade externa e sim um estado mental íntimo. Se você se sente cercado por uma multidão quando não está, o que isso significa? Talvez que tenha medo do contato humano, de ficar perto das pessoas, de ser tocado. Então, encontrou uma espécie de desculpa para se manter distante da realidade. — O EEG estava funcionando e, enquanto falava, Haber conectava o Ampliador. — Agora, George, vamos conversar um pouco mais e depois, quando eu disser a palavra-chave, "Antuérpia", você vai cair no sono; quando acordar, se sentirá revigorado e alerta. Não vai se lembrar do que estou dizendo agora, mas vai se lembrar de seu sonho. Será um sonho realista, realista e agradável, um sonho efetivo. Você vai sonhar com essa coisa que o preocupa, a superpopulação: terá um sonho em que descobre que, na verdade, não é isso que o preocupa. Afinal, as pessoas não podem viver sozinhas. Ser colocado na solitária é a pior espécie de confinamento! *Precisamos* de pessoas à nossa volta. Para nos ajudarem, para ajudarmos, para termos com quem competir, para aguçar nossa inteligência. — E assim sucessivamente. A presença da advogada limitava demais seu estilo; ele tinha que colocar tudo em termos abstratos em vez de simplesmente dizer a Orr com que sonhar. Claro que ele não estava falsificando seu método a fim de ludibriar a observadora; seu método só não era imutável, ainda. Ele o alterava de sessão em sessão, buscando o modo seguro de sugerir o sonho exato que queria, e sempre enfrentava resistência que, para ele, às vezes parecia ser um excesso de literalidade do processo primário do pensamento e, outras vezes, uma teimosia positiva da mente de Orr. O que quer que fosse, o sonho quase nunca acontecia do modo como Haber tinha pretendido; e esse tipo vago, abstrato, de sugestão poderia funcionar tanto quanto qualquer outro. Talvez despertasse uma menor resistência inconsciente de Orr.

Fez um sinal para que a advogada se aproximasse e observasse a tela do EEG que, de seu canto, ela espiava. Então prosseguiu:

— Você terá um sonho no qual não se sente cercado, pressionado pelas pessoas. Vai sonhar com todo o espaço livre que existe no mundo, toda a liberdade para se mover. — E, por fim, disse: — Antuérpia! — e indicou os traços do EEG de modo que Lelache visse a mudança quase instantânea. — Observe a desaceleração em todo o gráfico — ele murmurou. — É um pico de alta voltagem, veja, outro... Os fusos do sono. Ele já está entrando no segundo estágio do sono ortodoxo, do sono S, não importa o termo com que você se deparou, o tipo de sono sem sonhos realistas que acontece entre os estados D durante a noite toda. Mas não vou deixá-lo afundar no quarto estágio, já que ele está aqui para sonhar. Estou ligando o Ampliador. Não tire os olhos desses traços. Consegue ver?

— Parece que ele está em vigília de novo — ela murmurou, incrédula.

— Exato! Mas não está em vigília. Olhe para ele.

Orr deitava-se de costas, com a cabeça um pouco inclinada para trás de modo que sua barba curta e clara se projetava para cima. Dormia profundamente, mas havia uma tensão em torno de sua boca; ele suspirou.

— Vê os olhos dele se movendo sob as pálpebras? Foi assim que flagraram pela primeira vez esse fenômeno único do sono com sonho, lá atrás, em 1930; e o chamaram de sono de movimento rápido dos olhos, REM, por anos. É muito mais do que isso, entretanto. É um terceiro estado da existência. Todo o sistema autônomo dele está tão mobilizado quanto possível em um instante emocionante da vida em vigília; mas seu tônus muscular é zero, seus maiores músculos estão mais profundamente relaxados do que no sono S. As áreas cortical, subcortical, hipocampal e medial do cérebro, todas tão ativas quanto na vigília, apesar de ficarem inativas no sono S. A respiração e a pressão sanguínea se elevaram ao nível de vigília, ou mais altas. Aqui, sinta a pulsação. — Ele pressionou os dedos no pulso frouxo de Orr. — Oitenta ou oitenta e cinco, ele está começando. Está tendo um momento agradável, o que quer que seja...

— Quer dizer que ele está sonhando? — Ela parecia assombrada.

— Correto.

— Todas essas reações são normais?

— Definitivamente. Todos passamos por esse processo a cada noite, quatro ou cinco vezes, por pelo menos dez minutos em cada uma. Eis na tela um EEG de estado D bastante normal. A única anormalidade ou peculiaridade que se pode captar é um pico elevado ocasional bem no meio dos traços, uma espécie de efeito causado por ideias repentinas que nunca vi em um EEG de estado D antes. Seu padrão parece semelhante a um efeito que foi observado em eletroencefalogramas de homens que se dedicam muito a certo tipo de trabalho: trabalho criativo ou artístico, pintura, escrita poética, até mesmo à leitura de Shakespeare. O que este cérebro está fazendo em todos esses instantes, eu ainda não sei. Mas o Ampliador me dá a oportunidade de observá-los sistematicamente e depois, mais à frente, de analisá-los.

— Não existe a possibilidade de que a máquina esteja causando esse efeito?

— Não. — De fato, ele tentara estimular o cérebro de Orr com a gravação de um desses picos, mas o sonho resultante dessa experiência tinha sido incoerente, uma mistura do sonho atual com o anterior, durante o qual o Ampliador registrara o pico. Não havia necessidade de mencionar experiências inconclusivas. — Na verdade, agora que ele está no meio desse sonho, vou remover o Ampliador. Observe, veja se consegue identificar quando eu retiro o estímulo. — Ela não conseguiu. — De qualquer forma, ele pode produzir uma torrente de informações para nós; fique de olho nesses traços. Você pode captar isso primeiro no ritmo teta, ali, vindo do hipocampo. Isso acontece nos outros cérebros, sem dúvida. Nada de novo. Se eu conseguir descobrir *quais* outros cérebros, em qual estado, posso ser capaz de especificar com muito mais exatidão qual é o problema deste paciente; poderia haver um tipo psicológico ou neuropsicológico ao qual ele pertence. Você entende as possibilidades de pesquisa com o Ampliador? Sem nenhum efeito no paciente, exceto o de colocar seu cérebro temporariamente em quaisquer que sejam seus estados normais e que o médico queira observar. Olhe ali! — Ela perdeu um pico, óbvio; a leitura do EEG em uma tela em movimento exigia prática. — Saltou um fuso. Ainda no sonho... Ele vai nos contar sobre isso logo em seguida. — Ele não conseguia continuar falando. Sua boca ficou seca. Ele sentia aquilo: a mudança, a chegada, a alteração.

A mulher também sentia. Parecia amedrontada. Segurava seu pesado colar de latão perto da garganta como se fosse um talismã; com consternação, choque, terror, ela contemplava a vista pela janela.

Ele não tinha esperado aquilo. Imaginara que apenas ele poderia estar ciente da alteração.

Mas ela o escutara dizer a Orr o que sonhar; ficara do lado do sonhador; ela estava ali, no meio de tudo, como ele. E, como ele, tinha se virado para olhar pela janela, para as torres sumindo, desaparecendo como em um sonho; sem deixar uma ruína para trás, quilômetros de subúrbios se dissolvendo como fumaça ao vento; a cidade de Portland, que tivera uma população de um milhão de pessoas antes da Era da Peste, mas não tinha mais de 100 mil pessoas nesses dias de Recuperação, que era uma bagunça e um emaranhado, como todas as cidades dos Estados Unidos, mas unificada por suas colinas e seu rio de sete pontes coberto de neblina, o antigo edifício do First National Bank que dominava a linha do horizonte no centro da cidade, e muito além, acima de tudo, as montanhas pálidas e serenas...

Ela viu aquilo acontecer. E ele percebeu que nunca tinha imaginado que uma observadora do DESAS poderia ver aquilo acontecer. Ele não pensara naquela possibilidade. E aquilo significava que ele mesmo não acreditara na alteração, no que os sonhos de Orr faziam. Embora tivesse sentido aquilo, visto acontecer uma dúzia de vezes a esta altura, com perplexidade, medo e júbilo; embora ele viesse testando e usando o poder efetivo dos sonhos de Orr por quase um mês, mesmo assim ele não acreditara no que estava acontecendo.

Naquele dia todo, desde sua chegada ao trabalho, ele não pensara sequer uma vez no fato de que, uma semana atrás, ele não era diretor do Instituto Onirológico do Oregon, porque não havia instituto. Desde a última sexta-feira, o instituto passara a existir fazia dezoito meses. E ele fora seu fundador e diretor. E, sendo assim, para ele e para todos da equipe e seus colegas da Faculdade de Medicina, e o governo que o havia financiado, ele, exatamente como todos os outros, tinha aceitado aquilo por completo como sendo a única realidade. Ele suprimira de sua memória o fato de que, até sexta-feira passada, as coisas *não* eram assim.

Aquele tinha sido, de longe, o sonho mais bem-sucedido de Orr. Começara no antigo consultório do outro lado do rio, sob aquela maldita fotografia enquadrada do monte Hood, e terminara neste escritório... e ele tinha estado ali, visto as paredes à sua volta se modificarem, percebido que o mundo estava sendo refeito, e se esquecera disso. Tinha esquecido tão completamente que nunca sequer se perguntou se um estranho, uma terceira pessoa, poderia ter a mesma experiência.

O que tal visão faria àquela mulher? Será que ela compreenderia, ficaria louca, o que faria? Manteria as duas lembranças, como ele, a verdadeira e a nova, a antiga e a verdadeira?

Ela não podia. Ela iria interferir, trazer outros observadores, estragar todo o experimento, arruinar os planos de Haber.

Ele teria de impedi-la a qualquer custo. Voltou-se para ela, preparado para agir com violência, com as mãos apertadas.

Ela só ficou parada ali. Sua pele marrom havia se tornado pálida, sua boca estava aberta. Ela estava atordoada. Não podia acreditar no que tinha visto por aquela janela. Não podia e não acreditava.

A extrema tensão física de Haber cedeu um pouco. Ao olhar para ela, ficou bastante seguro de que a mulher estava confusa e traumatizada a ponto de ser inofensiva. Mesmo assim, ele devia agir depressa.

— Agora ele vai dormir por algum tempo — ele disse. Sua voz soou quase normal, embora enrouquecida pela rigidez dos músculos da garganta. Ele não fazia ideia do que ia dizer, mas foi em frente, qualquer coisa que quebrasse o feitiço. — Vou deixá-lo passar por um curto período de sono S. Não muito longo, ou a lembrança que ele terá do sonho será pobre. Bela vista, não? Esses ventos do Leste que temos tido são uma dádiva divina. No outono e no inverno passo meses seguidos sem enxergar as montanhas. Mas quando as nuvens se abrem, lá estão elas. É um lindo lugar, o Oregon. O estado mais preservado do país. Não foi muito explorado antes do Colapso. Portland estava apenas começando a crescer no fim dos anos 1970. Você nasceu no Oregon?

Depois de um minuto, ela acenou com a cabeça, atordoada. O tom pragmático da voz dele estava, ao menos, conseguindo influenciá-la.

— Vim de Nova Jersey. Quando eu era criança, a degradação ambiental era horrível. A quantidade de demolições e limpeza que a Costa Leste teve que fazer, e ainda está fazendo, depois do

Colapso é inacreditável. Aqui, a superpopulação e a má gestão do meio ambiente ainda não tinham causado estrago, exceto na Califórnia. O ecossistema do Oregon ainda estava intacto. — Aquela conversa, exatamente sobre o tema crítico, era perigosa, mas ele não conseguia pensar em mais nada, como se estivesse sendo forçado. Estava de cabeça cheia, suportando dois conjuntos de lembranças, dois sistemas completos de informação: um do mundo real (já não mais) com uma população de quase 7 bilhões que aumentava em progressão geométrica, e um do mundo real (a partir de agora) com uma população de menos de um bilhão e ainda não estabilizada.

Meu Deus, ele pensou, o que Orr fez?

Seis bilhões de pessoas.

Onde elas estão?

Mas a advogada não pode perceber. Não pode.

— Já esteve no Leste, srta. Lelache?

Ela olhou para ele de um jeito distraído e respondeu:

— Não.

— Bem, por que se dar ao trabalho? Seja como for, Nova York está condenada, e Boston também; e, de qualquer maneira, o futuro deste país está aqui. Este é o polo de crescimento. Aqui é que é bom, como costumavam dizer quando eu era criança! Aliás, por acaso você conhece Dewey Furth, da sede local do DESAS?

— Sim — ela disse, ainda zonza, mas começando a reagir, a agir como se nada tivesse acontecido. Um espasmo de alívio percorreu o corpo de Haber. De repente, ele quis se sentar, respirar fundo. O perigo tinha passado. Ela estava rejeitando aquela inacreditável experiência. Estava se questionando agora: o que há de errado comigo? Por que raios olhei pela janela esperando ver uma cidade com 3 milhões de pessoas? Estou sofrendo alguma maldição maluca?

Óbvio, pensou Haber, um homem que viu um milagre iria rejeitar o que seus olhos testemunharam, se aqueles a seu lado não viram nada.

— Está abafado aqui — ele disse com um toque de solicitude na voz, e foi até o termostato na parede. — Vou manter aquecido. Antigo hábito de pesquisador do sono; a temperatura corporal cai durante o sono e não queremos ter vários voluntários ou pacientes com coriza. Mas este aquecedor elétrico é eficiente demais, fica muito quente, me deixa atordoado... Ele deve acordar logo. — Mas Haber não queria que Orr se lembrasse do sonho com clareza, o relatasse e confirmasse o milagre. — Acho que vou deixá-lo continuar mais um pouco, não me importo com a lembrança desse sonho, e ele está no meio do terceiro estágio agora. Deixemos que fique ali enquanto terminamos a conversa. Há algo mais que você queira perguntar?

— Não, acho que não. — As pulseiras dela tilintavam, com hesitação. Ela piscou, tentando se recompor. — Se o senhor enviar a descrição completa da sua máquina, e do modo como opera, dos usos que está fazendo dela no momento, dos resultados, tudo isso, você sabe, para o escritório do sr. Furth, isso deve ser o ponto final... O senhor obteve a patente do dispositivo?

— Fiz a solicitação.

Ela assentiu.

— Pode valer a pena. — Ela tinha caminhado, tilintando e fazendo ruídos baixos, em direção ao homem que dormia, e agora estava parada olhando para ele com uma expressão esquisita em seu rosto marrom magro. — Você tem uma profissão estranha — ela disse, de modo abrupto. — Sonhos; observar o cérebro das pessoas funcionando; dizer a elas o que sonhar... Imagino que faça grande parte de sua pesquisa à noite...

— Costumava fazer. O Ampliador pode nos livrar um pouco disso; usando-o, seremos capazes de obter sono sempre que quisermos, do tipo que quisermos estudar. Mas alguns anos atrás houve uma época em que eu nunca ia para a cama antes das seis da manhã, por trinta meses. — Ele riu. — Agora me vanglorio disso. Meu recorde. Atualmente, deixo para minha equipe a maior parte do turno da noite. Vantagens da meia-idade!

— As pessoas adormecidas são tão distantes... — ela comentou, ainda olhando para Orr. — Onde elas estão...?

— Bem aqui — Haber respondeu, e deu um tapinha na tela do EEG. — Bem aqui, mas incomunicáveis. É o que torna os humanos tão inquietantes no que diz respeito ao sono. Sua total privacidade. Quem dorme vira as costas para todos. "O mistério do indivíduo é mais intenso no sono", disse um autor da minha área. Mas é claro que um mistério é apenas um problema que ainda não resolvemos... Agora ele precisa acordar. George... George... Acorde, George.

E ele acordou como normalmente fazia, depressa, passando de um estado a outro sem gemidos, olhares ou recaídas. Sentou-se e olhou primeiro para a srta. Lelache, depois para Haber, que tinha acabado de remover o trancap de sua cabeça. Ele se levantou, se alongando um pouco, e foi até a janela. Ficou parado olhando para fora.

Havia um equilíbrio único, um caráter quase monumental na postura de sua silhueta delgada: ele estava completamente imóvel, imóvel como o centro de algo. Surpreendidos, nem Haber nem a mulher falaram.

Orr se voltou e olhou para Haber.

— Onde eles estão? — disse. — Para onde foram todos eles? — Haber viu os olhos da mulher se arregalando, viu a tensão dela crescendo e percebeu o perigo. Falar, ele deve falar!

— Eu diria, pelo EEG — ele disse, e ouviu a própria voz sair grave e calorosa, exatamente como queria —, que você acabou de ter um sonho extremamente carregado, George. Foi desagradável; foi, na verdade, quase um pesadelo. O primeiro sonho "aflitivo" que teve aqui. Certo?

— Sonhei com a Peste — Orr disse, e estremeceu dos pés à cabeça, como se ficasse enjoado.

Haber assentiu. Sentou-se atrás da mesa. Com sua docilidade peculiar, seu modo de fazer o que fosse habitual e aceitável, Orr veio e se sentou do lado oposto, na grande poltrona de couro colocada ali para entrevistados e pacientes.

— Você teve que superar o pior, e superá-lo não foi fácil, certo? Esta foi a primeira vez, George, que o fiz lidar com uma ansiedade real em um sonho. Desta vez, sob minha orientação conforme sugerido na hipnose, você se aproximou de um dos elementos mais profundos de seu mal psíquico. A aproximação não foi fácil, ou prazerosa. Na verdade, aquele sonho foi infernal, não foi?

— Você se lembra dos Anos da Peste? — Orr questionou, sem agressividade, mas com algo de incomum na voz. Sarcasmo? E ele procurou Lelache, que tinha se recolhido na poltrona do canto.

— Sim, lembro. Eu já era um homem adulto quando a primeira epidemia ocorreu. Tinha 22 anos quando o primeiro anúncio foi feito na Rússia; aqueles poluentes químicos na atmosfera estavam se misturando e produzindo cancerígenos virulentos. Na noite seguinte, divulgaram as estatísticas do hospital da Cidade do México. Então, descobriram o período de incubação e todo mundo começou a fazer as contas. Aguardando. E houve motins e fodaços, a Seita Apocalíptica e os Vigilantes. Meus pais morreram naquele ano. Minha esposa, no ano seguinte. Minhas duas irmãs e os filhos delas depois. Todo mundo que eu conhecia...
— Haber estendeu as mãos. — Sim, eu me lembro daqueles anos — ele disse lentamente. — Quando preciso.

— Eles resolveram o problema da superpopulação, não é?
— falou Orr, e desta vez deixou nítida sua deliberação. — Nós realmente resolvemos.

— Sim. Eles resolveram. Não existe superpopulação agora. Havia alguma outra solução, além da guerra nuclear? Agora não há fome constante na América do Sul, na África ou na Ásia. Quando os canais de transporte estiverem plenamente restaurados, não haverá nem mesmo os bolsões de fome que ainda restaram. Dizem que um terço da humanidade ainda vai dormir com fome à noite; mas em 1980 era 92%. Agora não há mais transbordamentos do Ganges causados pelo monte de corpos de pessoas mortas de inanição. Não há carência de proteínas e raquitismo entre as crianças da classe trabalhadora de Portland, Oregon. Como havia... antes do Colapso.

— A Peste — disse Orr.

Haber se inclinou para a frente sobre a grande mesa.

— George. Diga-me. O mundo está superpovoado?

— Não — o homem respondeu. Haber pensou que ele estava rindo, e recuou um pouco, apreensivo; então, percebeu que foram as lágrimas que deram aos olhos de Orr um brilho estranho. Ele estava quase enlouquecendo. Melhor assim. Se ele perdesse o controle, a advogada ficaria menos inclinada a acreditar em qualquer coisa que ele dissesse e que se encaixasse com alguma lembrança que ela mantivesse do ocorrido.

— Mas há meia hora, George, você estava profundamente preocupado, ansioso, porque acreditava que a superpopulação era uma ameaça atual à civilização, a todo o ecossistema da Terra. Ora, não espero que essa ansiedade tenha desaparecido, longe disso. Mas acredito que suas características mudaram, desde que você a superou no sonho. Está ciente, agora, de que esse sentimento não tinha nenhuma sustentação na realidade. A ansiedade ainda existe, mas com esta diferença: agora você sabe que ela é irracional... que ela se ajusta a um desejo interno, e não a uma realidade externa. Isso é um começo. Um ótimo começo. Foi um avanço enorme em apenas uma sessão, com um sonho! Percebe? Agora possui uma ferramenta para lidar com tudo isso. Está acima de algo que estava sobre você, esmagando-o, fazendo-o se sentir pressionado e espremido. De agora em diante a luta será mais justa, porque você é um homem mais livre. Não sente isso? Já não se sente, neste exato momento, menos cercado pela multidão?

Orr olhou para ele, depois para a advogada mais uma vez. Não falou nada.

Houve uma longa pausa

— Você parece abatido — Haber disse, um afago verbal no ombro. Ele queria acalmar Orr, levá-lo de volta a seu estado normal de modéstia, no qual ele não teria coragem de, na frente de uma terceira pessoa, mencionar seus poderes oníricos; ou então fazê-lo sucumbir, se comportar com uma anormalidade óbvia. Mas não faria nenhum dos dois. — Se não houvesse uma observadora do DESAS nos espreitando ali no canto, eu ofereceria a você uma dose de uísque. Mas é melhor não transformarmos a sessão de terapia em uma festinha, não é?

— Você quer ouvir o sonho?

— Se você quiser.

— Eu os estava enterrando. Em uma das grandes valas... Eu trabalhei mesmo nas Forças Funerárias, quando eu tinha dezesseis anos, depois que meus pais pegaram a peste... Só que no sonho as pessoas estavam todas nuas e pareciam ter morrido de inanição. Montes delas. Eu tive de enterrá-las todas. Ficava procurando por você, mas você não estava lá.

— Não — Haber disse em tom tranquilizador —, ainda não apareci nos seus sonhos, George.

— Apareceu, sim. Com Kennedy. E como um cavalo.

— Sim, bem no começo da terapia — Haber concordou, descartando aquilo. — Então, este sonho usou de fato algum material de lembranças reais de sua experiência...

— Não. Nunca enterrei ninguém. Ninguém morreu de Peste. Não houve Peste alguma. É tudo parte da minha imaginação. Eu sonhei isso.

Merda, que bastardinho imbecil! Ele tinha que perder o controle? Haber ergueu a cabeça e manteve um silêncio tolerante, sem interferir; era tudo que ele podia fazer, pois um movimento brusco poderia levantar as suspeitas da advogada.

— Você disse que se lembrava da Peste; mas não se lembra também de que não houve Peste nenhuma, que ninguém morreu de contaminação por câncer, que a população apenas continuava crescendo sem parar? Não? Não se lembra disso? E você, srta. Lelache… Você se lembra das duas sequências?

Mas, diante disso, Haber se levantou:

— Sinto muito, George, mas não posso permitir que a srta. Lelache seja envolvida nisto. Ela não é qualificada. Seria inadequado que ela lhe respondesse. Isto é uma sessão psiquiátrica. Ela está aqui para observar o Ampliador, e nada mais. Devo insistir nisso.

Orr ficara muito pálido, as maçãs do rosto sobressalentes. Ele estava sentado, olhando fixo para Haber. Não falou nada.

— Temos um problema aqui e temo que há apenas uma maneira de acabar com ele. Cortar o nó górdio. Sem ofensa, srta. Lelache, mas como pode ver, o problema é você. Simplesmente estamos em um estágio em que nosso diálogo não pode admitir um terceiro membro, mesmo que não participante. O melhor a fazer é suspender a sessão. Neste instante. Começamos de novo amanhã às 16h. Ok, George?

Orr se levantou, mas não se dirigiu à porta.

— Por acaso você já pensou, dr. Haber — ele perguntou, com calma suficiente, mas gaguejando um pouco —, que pode… pode haver outras pessoas que sonham do modo como eu sonho? Que a realidade está sendo alterada sem dificuldades, sendo substituída, renovada, o tempo todo… só que nós não sabemos? Apenas a pessoa que sonha sabe, e aquelas que conhecem seu sonho. Se isso é verdade, acho que temos sorte por não saber. Isso é bastante confuso.

Amistoso, evasivo e tranquilizador, Haber foi conversando com ele até a porta e até que ele saísse.

— Você testemunhou uma sessão crítica — ele disse a Lelache, fechando a porta atrás de si. Enxugou a testa, permitiu que o cansaço e a preocupação aparecessem em seu rosto e em seu tom de voz. — Uau! Que dia para ter uma observadora presente!

— Foi muitíssimo interessante — ela afirmou, e as pulseiras trepidaram um pouco.

— Ele não é um caso perdido — Haber disse. — Uma sessão como esta dá, até para mim, uma impressão bastante desencorajadora. Mas ele tem uma chance, uma chance real, de solucionar esse padrão delirante em que está preso, esse imenso terror de sonhar. O problema é que se trata de um padrão complexo, e uma mente à qual não falta inteligência está presa nele; George é muito rápido em tecer novas teias às quais se prender... Se ao menos ele tivesse sido encaminhado à terapia dez anos atrás, quando estava na adolescência; mas é óbvio, a Recuperação mal tinha começado há dez anos. Ou mesmo há um ano, antes que ele começasse a usar drogas para destruir toda a sua orientação de realidade. Mas ele tenta, e continua tentando, e ainda pode vencer por meio de um sólido ajuste de realidade.

— Mas você disse que ele não é psicótico — Lelache observou, com certa ambiguidade.

— Correto. Eu disse desequilibrado. Se ele enlouquecer, vai enlouquecer por completo, provavelmente na linha esquizofrênica catatônica. Uma pessoa desequilibrada não é *menos* propensa à psicose do que uma pessoa normal. — Ele tinha a impressão de estar vomitando um dilúvio de palavras sem sentido há horas e agora não conseguia mais controlar nada daquilo. Felizmente, a srta. Lelache lhe deu um aperto de mão e foi embora.

Haber foi primeiro até o gravador escondido em um painel na parede, perto do divã, no qual ele gravava todas as sessões de terapia: gravadores que não emitiam sinais eram um privilégio especial de psicoterapeutas e da Agência de Inteligência. Ele apagou a gravação da última hora.

Sentou-se em sua cadeira atrás da grande mesa de carvalho, abriu a última gaveta, retirou copo e garrafa e serviu uma dose substancial de bourbon. Céus, não havia nenhum bourbon meia hora atrás, nem nos últimos vinte anos! Os cereais eram preciosos demais, com 7 bilhões de bocas para alimentar, para produzir álcool. Não havia nada além de pseudocerveja ou (para os médicos) álcool 99% puro; era aquilo que preenchera a garrafa em sua mesa meia hora atrás.

Em um só gole, bebeu metade da dose, e depois fez uma pausa. Olhou pela janela. Depois de algum tempo, se levantou e ficou parado em frente a ela, olhando para os telhados e árvores. Cem mil almas. A noite estava começando a cair sobre o rio silencioso, mas as montanhas permaneciam imensas e claras, distantes, na altura da luz do sol.

— Um brinde a um mundo melhor! — o dr. Haber disse, erguendo seu copo para o Criador, e terminou seu uísque em um gole prolongado, saboroso.

6

Resta-nos talvez aprender... que nossa tarefa está apenas começando e que nunca nos será dada sequer uma sombra de ajuda, salvo a ajuda do Tempo, impenetrável e inconcebível. Talvez tenhamos de aprender que o infinito turbilhão de morte e vida, do qual não podemos escapar, pertence à nossa própria criação, à nossa própria busca... que as forças integradoras dos mundos são erros do Passado... que o infortúnio eterno não é mais do que a fome eterna do desejo insaciável – e que os sóis extintos apenas são reavivados pelas paixões inextinguíveis de vidas desvanecidas.

LAFCADIO HEARN, *PELO ORIENTE*

O APARTAMENTO DE GEORGE ORR FICAVA NO último andar de uma antiga casa de madeira, alguns quarteirões acima do pé da colina, na Avenida Corbett, uma parte deteriorada da cidade onde a maioria das casas tinha quase um século, ou muito mais do que isso. Ele era formado por três cômodos amplos, um banheiro com banheira de pés arqueados e, entre os telhados, vista para o rio, pelo qual subiam e desciam navios, iates, embarcações de lazer, troncos de árvore, gaivotas, pombos em voos giratórios.

Ele se lembrava perfeitamente de seu outro apartamento, claro, aquela quitinete de oito metros quadrados com fogão embutido, cama inflável e banheiro comunitário no fim do corredor de linóleo no 18º andar da torre do condomínio Corbett, que nunca fora construído.

Desceu do bonde na Rua Whiteaker e andou, subindo a colina e as escadas largas e escuras. Entrou, jogou a pasta no chão e o corpo na cama e largou-se ali. Estava aterrorizado, angustiado, exausto, desnorteado.

— Preciso fazer alguma coisa, preciso fazer *alguma coisa* — ficava dizendo a si mesmo, desesperado, mas não sabia o quê. Nunca soube o que fazer. Sempre fez o que parecia necessário, a coisa seguinte a ser feita, sem questionar, sem se obrigar a nada, sem se preocupar. Mas aquela segurança o abandonara quando começou a usar drogas e, a esta altura, estava completamente perdido. Deve agir, tem que *agir*. Deve se recusar a deixar que Haber continue usando-o como um instrumento. Deve tomar seu destino nas próprias mãos.

Ele estendeu as mãos e olhou-as, depois mergulhou o rosto nelas; estava úmido pelas lágrimas. Ah, inferno, inferno, ele pensou com amargura, que tipo de homem eu sou? Lágrimas na minha barba? Não é de admirar que Haber me use. Como ele poderia evitar? Não tenho força alguma, não tenho personalidade alguma, nasci para ser um instrumento. Não tenho destino algum. Tudo o que tenho são sonhos. E, agora, outras pessoas os comandam.

Preciso me afastar de Haber, pensou, tentando ser firme e decidido, mas, ao mesmo tempo em que pensava nisso, sabia que não conseguiria. Haber o havia fisgado, com mais de um anzol.

Uma configuração onírica tão rara, na verdade única, dissera Haber, era preciosa para a pesquisa: a contribuição de Orr para o conhecimento humano se mostraria imensa. Orr acreditava que Haber falava com sinceridade e sabia o que estava dizendo. Aliás, o aspecto científico daquilo tudo era o único que, em sua imaginação, mostrava-se promissor; parecia-lhe que talvez a ciência pudesse extrair algo bom de seu dom peculiar e terrível, dar àquilo um fim benéfico, compensando um pouco o enorme dano provocado.

O assassinato de 6 bilhões de pessoas inexistentes.

Na cabeça de Orr, uma dor de rachar. Ele encheu uma bacia funda e trincada com água gelada e mergulhou o rosto todo nela por meio minuto de cada vez, emergindo vermelho e molhado como um bebê recém-nascido.

Então, Haber o prendera com uma linha, em termos morais, mas onde ele o fisgava mesmo era no anzol legal. Se Orr desistisse da terapia voluntária, ficaria sujeito a um processo por obter drogas ilegalmente e seria mandado para a prisão ou para uma incubadora de doidos. Aí não tinha saída. E se ele não desistisse, mas apenas reduzisse as sessões ou deixasse de cooperar, Haber teria um instrumento efetivo de coerção: as drogas supressoras de sonhos, que Orr só conseguia obter com as prescrições que ele dava. Agora, mais do que nunca, ele estava incomodado diante da ideia de sonhar espontaneamente, sem controle. Em seu estado, e sendo condicionado, no laboratório, a sonhar todas as vezes de forma efetiva, ele não gostava de pensar o que poderia acontecer se tivesse sonhos efetivos sem as restrições racionais impostas pela hipnose. Seria um pesadelo, um pesadelo pior do que aquele que acabara de ter no consultório de Haber, disso ele estava certo, e não tinha coragem de permitir que isso acontecesse. Ele precisava tomar os supressores de sonhos. Essa era a única coisa que ele sabia que devia fazer, a coisa que devia ser feita. Mas só podia tomá-los com a permissão de Haber, portanto precisava cooperar com ele. Fora capturado. Rato na armadilha. Percorrendo o labirinto para o cientista maluco; não tinha saída. Nenhuma chance, nenhuma.

Mas ele não é um cientista maluco, Orr pensou, de forma nada brilhante; ele é consideravelmente são, ou era. O que o desvirtua é a possibilidade de poder que meus sonhos lhe dão. Ele continua atuando em um papel, e isso lhe dá um papel gigante a interpretar. De modo que está até usando a ciência como meio, não como fim... Mas seus fins são bons, não são? Ele quer melhorar a vida da humanidade. Está errado?

Sua cabeça doía de novo. Ele estava embaixo da água quando o telefone tocou. Depressa, tentou secar o rosto e o cabelo e voltou ao quarto escuro, andando às cegas.

— Alô, Orr falando.

— Aqui é Heather Lelache — disse uma voz suave e desconfiada de contralto.

Uma sensação de prazer irrelevante e pungente surgiu dentro dele, como uma árvore que crescesse e florescesse toda em um momento, com as raízes em seus quadris e as flores em sua mente.

— Alô — ele repetiu.

— Quer encontrar comigo uma hora dessas para conversarmos sobre aquilo?

— Sim. Com certeza.

— Bem. Não quero que fique imaginando que há algum caso a ser defendido usando aquela coisa, o Ampliador. Aquilo parece estar em perfeita conformidade. Passou por extensos testes laboratoriais, ele tem todas as verificações apropriadas, passou por todos os canais apropriados, e agora está registrado no DESAS. Óbvio, ele é profissional mesmo. Eu não tinha compreendido quem ele era na primeira vez que o senhor me falou dele. Um homem não chega àquele posto a menos que seja muito bom.

— Que posto?

— Bem, a diretoria de um instituto de pesquisas financiado pelo governo!

Orr gostava do modo como ela quase sempre iniciava suas frases intensas, desdenhosas, com um "bem" brando, conciliador. Ela lhes tirava os pés do chão antes de prosseguir, deixava as frases suspensas, sem sustentação, no vazio. Tinha coragem, muita coragem.

— Ah, sim, entendo — ele disse, vago. O dr. Haber conseguira a diretoria no dia em que Orr conseguira sua cabana. O sonho da cabana tinha acontecido durante a única sessão que durara a noite toda; nunca tentaram fazer outra. A sugestão hipnótica do conteúdo do sonho fora insuficiente para os sonhos da uma noite e Haber desistiu, por fim, às 3h; conectando-o ao Ampliador, o abasteceu com padrões de sono profundo pelo resto da noite, para que pudessem ambos relaxar. Mas na tarde seguinte fizeram uma sessão e, nela, o sonho sonhado por Orr foi tão longo, tão confuso e complicado que ele nunca teve absoluta certeza daquilo que alterou e de quais ações benéficas Haber realizara daquela vez. Ele foi dormir no consultório antigo e acordou no escritório do 100: Haber promovera a si mesmo. Porém, havia mais a dizer sobre aquilo... desde aquele sonho, o clima parecia um pouco menos chuvoso; talvez outras coisas tivessem mudado. Orr tinha se oposto a produzir tantos sonhos efetivos em um período tão curto. Haber imediatamente concordou em não forçar que ele fosse tão depressa e deixou que passasse cinco dias sem sessões. Apesar de tudo, Haber era um homem bondoso. E, além disso, não queria matar sua galinha dos ovos de ouro.

Uma galinha. Exato. Isso me descreve perfeitamente, Orr pensou. Uma maldita galinha branca idiota e sem graça. Ele perdeu uma parte do que a srta. Lelache estava falando.

— Desculpa — ele disse —, perdi algo. Acho que estou um pouco lerdo agora.

— Está se sentindo bem?

— Sim, tudo bem. Só meio cansado.

— O senhor teve um sonho perturbador, sobre a Peste, não foi? Quando acabou, estava com uma aparência horrível. As sessões sempre o deixam assim?

— Não, nem sempre. Essa foi uma das ruins. Imagino que pôde perceber isso. A senhorita estava marcando de nos encontrarmos...

— Sim. Segunda-feira, no almoço. Você trabalha no centro, não é, na Bradford Industries?

Para o próprio e sutil espanto, ele percebeu que sim. Não existiam os grandes projetos de abastecimento de Bonneville--Umatilla, para trazer água das gigantescas cidades de John Day e

French Glen, que não existiam. Não havia nenhuma cidade grande no Oregon, exceto Portland. Ele não era o desenhista projetista do distrito, mas de uma empresa privada de ferramentas no centro; trabalhava no escritório da Rua Stark. Obviamente.

— Sim — ele confirmou. — Saio das 13h às 14h. Podemos nos encontrar no Dave's, na Ankeny.

— Esse horário está ok. Então, no Dave's. Vejo você lá na segunda.

— Espere — ele disse. — Ouça. Você vai… se incomodaria de me contar o que o dr. Haber falou, quer dizer, o que ele me contou sobre o sonho quando fui hipnotizado? A senhorita ouviu tudo, não ouviu?

— Sim, mas não poderia fazer isso, estaria interferindo no tratamento. Se ele quisesse que você soubesse, ele lhe contaria. Seria antiético. Não posso.

— Acho que está certa.

— Sim, me desculpe. Segunda-feira, então?

— Tchau — ele disse, repentinamente dominado pela depressão e por um mau pressentimento, e colocou o fone no lugar sem ouvi-la se despedir. Ela não poderia ajudá-lo. Era corajosa e forte, mas não tão corajosa. Talvez tenha visto e sentido a alteração, mas teve que deixar aquilo de lado, rejeitar a ideia. Por que não? Aquela dupla lembrança era um fardo pesado a carregar e ela não tinha nenhum motivo para tomá-lo para si, nenhum motivo para acreditar, nem mesmo por um instante, em um doido insensato que afirmava que seus sonhos se tornavam realidade.

Amanhã era sábado. Sessão longa com Haber, das 16h às 18h ou até mais tarde. Não tinha saída.

Era hora de comer, mas Orr não estava com fome. Não acendera as luzes em seu quarto de teto alto, iluminado pelo pôr do sol, nem da sala de estar, que nunca encontrara um jeito de mobiliar nos três anos em que vivia ali. Agora ele vagava pelo apartamento.

As janelas davam para as luzes e para o rio; o ar cheirava a poeira e início de primavera. Havia uma lareira emoldurada por madeira, um velho piano vertical com oito teclas brancas faltando, uma pilha de restos de lenha coberta perto da lareira e uma mesa japonesa de bambu deteriorada de 25 centímetros de altura. A escuridão baixava suavemente sobre o piso de pinho nu, que não fora polido nem varrido.

George Orr se deitou naquela leve escuridão, se esparramando, de bruços, o cheiro de pó do chão de madeira em suas narinas, a dureza do piso sustentando seu corpo. Deitou-se imóvel, sem dormir; em algum lugar além do sono, mais além, mais distante, um lugar onde não há sonhos. Não foi a primeira vez que esteve ali.

Quando levantou, foi para tomar um comprimido de clorpromazina e ir para a cama. Haber tinha testado fenotiazinas com ele esta semana; pareciam funcionar bem, deixando-o entrar no estado D quando necessário, mas atenuando a intensidade dos sonhos de modo que nunca atingissem o nível efetivo. Estava bom, mas Haber dissera que o efeito diminuiria, exatamente como o de todas as outras drogas, até que não houvesse nenhum efeito. Nada impediria um homem de sonhar, ele afirmara, exceto a morte.

Naquela noite, pelo menos, Orr dormiu profundamente e, se sonhou, os sonhos foram fugazes, sem peso. Não acordou antes de quase meio-dia de sábado. Foi à geladeira e olhou lá dentro; ficou em pé observando-a por algum tempo. Tinha mais comida ali do que ele já vira na geladeira de uma só pessoa em toda sua vida. Em toda sua outra vida. Aquela vivida entre 7 bilhões de outros, na qual a comida, nas condições da época, nunca era suficiente.

Na qual um ovo era um luxo mensal: "Hoje ovulamos!", sua quase esposa costumava dizer quando comprava os ovos racionados a que tinham direito. Curioso; na vida atual, ele e Donna não fizeram um teste de casamento. Legalmente falando, nos anos pós-Peste isso não existia. Havia apenas o casamento de verdade. Em Utah, como a taxa de natalidade ainda estava abaixo da taxa de mortalidade, estavam tentando até reinstituir o casamento poligâmico, por motivos religiosos e patrióticos. Mas ele e Donna não tiveram qualquer tipo de casamento desta vez, apenas viveram juntos. E ainda assim, não durou. A atenção dele se voltou para a comida na geladeira outra vez.

Ele não era mais o homem magro, ossudo, que fora no mundo de 7 bilhões de pessoas; na verdade, era bastante robusto. Mas comeu a refeição de um homem faminto, uma refeição enorme: ovos cozidos duros, torradas com manteiga, anchovas, carne desidratada, aipo, queijo, nozes, um pedaço de halibute frio coberto com maionese, alface, picles de beterraba, biscoitos de chocolate... tudo que ele encontrou nas prateleiras. Depois dessa orgia, sentiu-se muito melhor fisicamente. Enquanto bebia um pouco de café autêntico, não pseudocafé, pensou em algo que o fez sorrir de verdade. Pensou: *naquela* vida, ontem, sonhei um sonho efetivo, que extinguiu 6 bilhões de vidas e alterou toda a história da humanidade pelo último quarto de século. Mas *nesta* vida, que criei na mesma hora, eu *não* sonhei um sonho efetivo. Eu estava no consultório de Haber, certo, e sonhei; mas não alterei nada. Tem sido assim desde o princípio, eu simplesmente tive um sonho aflitivo sobre a Era da Peste. Não há nada de errado comigo, não preciso de terapia.

Nunca tinha olhado a questão daquela maneira antes, e isso o divertiu o suficiente para que sorrisse, mas não exatamente com alegria.

Sabia que sonharia outra vez.

Já passava das duas. Lavou-se, encontrou seu casaco de chuva (de algodão verdadeiro, um luxo na outra vida) e saiu a pé a caminho do Instituto, uns três quilômetros de caminhada, subindo, passando pela Faculdade de Medicina, e subindo um pouco mais até entrar no Washington Park. Ele podia chegar lá de bonde elétrico, claro, mas eles eram irregulares, davam voltas e, em todo caso, não havia pressa. Era agradável caminhar pela chuva tépida de março nas ruas sem agitação; as árvores estavam se enchendo de folhas, as castanheiras prestes a se iluminarem com flores.

O Colapso, a praga cancerígena que reduziu em 5 bilhões a população humana em cinco anos e em outro bilhão nos dez anos seguintes, tinha abalado as civilizações do mundo em suas raízes e, ainda assim, no final, as deixara intactas. Não alterara nada de forma radical; apenas numericamente.

O ar continuava poluído ao extremo e de maneira irremediável – aquela poluição datava de décadas antes do Colapso; na verdade, era sua causa direta. Agora, não era muito prejudicial para ninguém, exceto os recém-nascidos. A Peste, em sua variedade leucemoide, ainda que da forma seletiva – refletida, por assim dizer –, escolhia um de cada quatro bebês nascidos e o matava em seis meses. Aqueles que sobreviviam eram praticamente imunes ao câncer. Mas havia outras aflições.

Ao longo do rio, nenhuma fábrica expelia fumaça. Nenhum carro circulava emporcalhando o ar com o escapamento; os poucos que existiam eram movidos a vapor ou bateria elétrica.

Também não havia mais pássaros cantando.

Os efeitos da Peste eram visíveis em tudo, ela ainda era, em si mesma, endêmica, e ainda assim não evitara que a guerra eclodisse. Na verdade, a batalha no Oriente Próximo era mais selvagem do que fora em um mundo mais povoado. Pelo regimento, os Estados Unidos estavam fortemente comprometidos com o lado isragípcio em termos de armamentos, munições, aviões e "conselheiros militares". A China estava igualmente imersa no lado iraquiano-iraniano, embora ainda não tivesse enviado soldados chineses, apenas tibetanos, norte-coreanos, vietnamitas e mongóis. A Rússia e a Índia se mantinham isoladas em um nível constrangedor, mas agora que o Afeganistão e o Brasil acompanhavam os iranianos, o Paquistão deveria se posicionar do lado isragípcio. A Índia, então, entraria em pânico e se alinharia à China, que poderia intimidar a URSS a ponto de pressioná-la para o lado dos EUA. Isso levaria ao alinhamento de doze Potências Nucleares ao todo, seis de cada lado. Assim diziam as especulações. Enquanto isso, Jerusalém estava em escombros e a população civil da Arábia Saudita e do Iraque vivia em covas no chão enquanto tanques e aviões lançavam fogo no ar e cólera na água, e os bebês engatinhavam para fora das covas cegados por napalm.

Ainda se massacravam pessoas brancas em Joanesburgo, Orr observou uma manchete em uma banca de jornal de esquina. Anos haviam se passado desde o Levante, e ainda havia gente branca para massacrar na África do Sul! As pessoas são resistentes...

A chuva caía tépida, poluída, suave sobre sua cabeça nua enquanto ele subia as colinas cinzentas de Portland.

No escritório com a ampla janela de canto, pela qual se via a chuva, ele disse:

— Por favor, dr. Haber, pare de usar meus sonhos para melhorar as coisas. Isso não vai funcionar. É errado. Eu quero ser *curado*.

— Esse é o único pré-requisito essencial para sua cura, George! *Querer* a cura.

— Você não está me dando uma resposta.

Mas aquele homem grande era como uma cebola: tirando, uma depois da outra, camadas de personalidade, crença, reação, infinitas camadas, não havia fim, não havia um centro para ele. Nenhuma parte em que ele parasse, tivesse que parar, tivesse de dizer: "Fico por aqui!". Nenhum ser, apenas camadas.

— Você está usando meus sonhos efetivos para alterar o mundo. Não quer admitir para mim que está fazendo isso. Por que não?

— George, você deve compreender que faz perguntas que, do seu ponto de vista, podem parecer sensatas, mas que, do meu ponto de vista, são literalmente sem resposta. Não vemos a realidade da mesma maneira.

— Mas de maneira próxima o suficiente para sermos capazes de conversar.

— Sim. Felizmente. Mas nem sempre para sermos capazes de perguntar e responder. Ainda não.

— Posso responder às suas perguntas, e respondo… Mas, seja como for: veja. Você não pode continuar alterando as coisas, tentando dirigir as coisas.

— Você fala como se existisse algum tipo de imperativo moral universal. — Olhou para Orr com seu sorriso cordial, pensativo, coçando a barba. — Mas, na verdade, não é o propósito exato do homem na Terra… fazer coisas, alterar as coisas, dirigir as coisas, criar um mundo melhor?

— Não!

— Qual é o propósito, então?

— Não sei. As coisas não precisam ter um propósito, como se o universo fosse uma máquina na qual cada parte tem uma função útil. Qual a função de uma galáxia? Não sei se nossa vida tem um propósito e não acho que isso tenha importância. O que importa é que somos um componente. Como um fio no tecido ou uma folha de relva no campo. A relva *existe* e nós *existimos*. O que fazemos é como o vento soprando a relva.

Houve uma breve pausa e quando Haber respondeu, seu tom de voz já não era amistoso, reconfortante, tranquilizador. Era totalmente neutro e tinha um desprezo quase imperceptível.

— Você tem uma perspectiva estranhamente passiva para um homem criado no ocidente judaico-cristão-racionalista.

Uma espécie de budista por natureza. Já estudou os misticismos orientais, George? — A pergunta, com sua resposta óbvia, era de franco desdém.

— Não. Não sei nada sobre isso. Sei, sim, que é errado forçar o padrão das coisas. Não vai funcionar. Tem sido nosso erro por uma centena de anos. Você não... não entende o que aconteceu ontem?

Os olhos opacos, escuros, encontraram os seus.

— O que aconteceu ontem, George?

Nenhuma chance. Não tinha saída.

Agora, Haber estava empregando thiopental sódico nele, para baixar sua resistência ao procedimento hipnótico. Ele se submeteu à aplicação, observando a agulha deslizar na veia de seu braços com um único instante de dor. Era o caminho a seguir, sem escolha. Orr nunca tivera qualquer escolha. Era apenas um sonhador.

Haber foi para algum lugar, fazer alguma coisa, enquanto a droga surtia efeito; mas voltou exatos quinze minutos depois, turbulento, amistoso e indiferente.

— Certo! Vamos dar continuidade, George!

Orr entendeu, com uma clareza desoladora, o que ele iria continuar hoje: a guerra. Os jornais estavam recheados; até a mente de George, refratária às notícias, estivera ocupada com esse assunto a caminho dali. A guerra avançava no Oriente Próximo. Haber acabaria com ela. E com os assassinatos na África, sem dúvida. Porque Haber era um homem bondoso. Queria tornar o mundo melhor para a humanidade.

Os fins justificam os meios. Mas, e se nunca houver um fim? Tudo que temos são os meios. Orr se deitou de costas no divã e fechou os olhos. A mão tocou sua garganta.

— Você vai entrar em estado hipnótico agora, George... — disse a voz rouca de Haber. — Você está...

escuridão.

Na escuridão.

Ainda não era totalmente noite: o fim do crepúsculo no campo. Os conjuntos de árvores pareciam pretos e úmidos. A estrada em que ele estava caminhando apanhava a luz tênue, derradeira, do céu; estendia-se longa e em linha reta, uma velha rodovia de interior, com o asfalto preto rachado. Uma galinha andava uns cinco metros à frente dele, visível apenas como uma mancha branca oscilante. Vez ou outra, ela cacarejava um pouco.

As estrelas estavam aparecendo, brancas como margaridas. Uma enorme estava florescendo bem à direita da estrada, em um ponto baixo sobre o campo escuro, bruxuleante e branca. Quando ele ergueu os olhos para vê-la outra vez, já tinha se tornado maior e mais radiante. Está *enormescendo,* ele pensou. Parecia se tornar avermelhada à medida que se iluminava. Enormevermelheceu. Os olhos flutuavam. Pequenos raios verdes-azulados correndo em torno dela em um ziguezague browniano, redemunhando. Um halo amplo e encorpado pulsava em volta da grande estrela e de minúsculas faíscas mais claras, tênues, pulsantes. *Ah, não, não, não!,* ele disse quando a grande estrela se iluminou enormemente em uma EXPLOSÃO ofuscante. Orr caiu no chão, cobrindo a cabeça com os braços enquanto o céu explodia em raios de luz morta, mas não conseguiu desviar o rosto, devia observar e testemunhar. O chão ondulava para cima e para baixo, grandes dobras oscilantes percorrendo a pele da Terra.

— Deixe, deixe! — ele gritou, soltando a voz, com o rosto em direção ao céu, e acordou no divã de couro.

Sentou-se e colocou o rosto nas mãos suadas e trêmulas.

No mesmo instante, sentiu a mão pesada de Haber em seu ombro.

— Experiência ruim de novo? Droga, pensei que livraria você com facilidade. Falei para você sonhar com a paz.

— Sonhei.

— Mas, para você, foi perturbador?

— Eu estava assistindo a uma batalha no espaço.

— Assistindo? De onde?

— Da Terra. — Ele recontou o sonho de forma resumida, omitindo a galinha. — Não sei se pegaram um dos nossos ou se nós pegamos um dos deles.

Haber riu.

— Queria que *pudéssemos* ver o que acontece lá! Nos sentiríamos mais envolvidos. Mas é óbvio que esses embates acontecem a velocidades e distâncias que a visão humana simplesmente não está equipada para acompanhar. Sua versão é muito mais pitoresca do que a realidade, sem dúvida. Parece um bom filme de ficção científica dos anos 1970. Eu costumava ver esses filmes quando era garoto... mas por que acha que sonhou com uma cena de batalha quando a sugestão foi paz?

— Só paz? Sonhe com a paz... foi tudo o que você disse?

Haber não respondeu de imediato. Ocupou-se dos controles do Ampliador.

— Ok — ele enfim respondeu. — Desta vez, como experiência, vamos deixar você comparar a sugestão com o sonho. Talvez encontremos o motivo de ele ter se revelado negativo. Eu falei... Não, vamos rodar a fita. — Ele foi até um painel na parede.

— Você grava a sessão inteira?

— Claro. É a prática psiquiátrica padrão. Você não sabia?

Como eu poderia saber, se isso é encoberto, não há nenhum sinal sonoro e você não me contou, Orr pensou; mas não disse nada. Talvez fosse a prática padrão, talvez fosse a arrogância pessoal de Haber, mas, em qualquer um dos casos, ele não podia fazer muito a respeito.

— Estamos aqui, deve ser mais ou menos aqui. Agora, o estado hipnótico, George. Você está... aqui! Não desista, George!

A fita fez um ruído. Orr balançou a cabeça e piscou. Os últimos fragmentos de frases eram da voz de Haber na fita, óbvio, e ele ainda estava tomado pela droga indutora de hipnose.

— Vou ter de pular um pedaço. Certo. — Agora era a voz dele na fita de novo, dizendo: —... paz. Chega de assassinatos de humanos por outros humanos. Chega de luta no Irã e na Arábia e em Israel. Chega de genocídio na África. Chega de estoques de armas nucleares e biológicas, prontas para serem usadas contra outros países. Chega de pesquisa sobre formas e meios de assassinar pessoas. Um mundo em paz consigo mesmo. A paz como um estilo de vida universal na Terra. Você vai sonhar com esse mundo em paz consigo mesmo. Agora você vai dormir. Quando eu disser... — Ele parou a fita de repente, para não fazer Orr dormir com a palavra-chave.

Orr esfregou a testa.

— Bem — ele disse —, segui as instruções.

— Não exatamente. Sonhar com uma batalha no espaço cislunar... — Haber parou tão abruptamente quanto a fita.

— Cislunar — Orr repetiu, sentindo um pouco de pena de Haber. — Não estávamos usando essa palavra quando fui dormir. Como estão as coisas no Isragito?

A palavra criada em uma realidade antiga teve um efeito impactante e curioso ao ser pronunciada nesta realidade: como o surrealismo, parecia fazer sentido e não fazia, ou parecia não fazer sentido, e fazia.

Haber caminhou de um lado para o outro pela sala comprida e elegante. Antes, passou a mão pela barba ondulada, castanho-avermelhada. O gesto era calculado e familiar para Orr, mas quando Haber falou, Orr percebeu que ele estava procurando e escolhendo as palavras com cuidado, sem confiar, desta vez, em sua inesgotável fonte de improviso.

— É curioso que você usou a Defesa da Terra como símbolo ou metáfora da paz, do fim da guerra. Ainda assim, não é descabido. Apenas muito sutil. Os sonhos são infinitamente sutis. Infinitamente. Pois, na realidade, *foi* essa ameaça, esse risco imediato de invasão por alienígenas que não se comunicam, que são ilógicos e hostis, que nos forçou a parar de lutar entre nós mesmos, para voltar nossas energias agressivo-defensivas para fora, para ampliar o avanço territorial e incluir toda a humanidade, para juntar nossas armas contra um inimigo comum. Se os alienígenas não tivessem atacado, quem sabe? Na realidade, ainda poderíamos estar lutando no Oriente Próximo.

— Saímos da frigideira para o fogo — Orr disse. — Não percebe, dr. Haber, que isso é tudo o que você consegue de mim, toda vez? Terminar a guerra foi uma boa ideia, concordo plenamente com isso. Até votei no partido Isolacionista na eleição passada porque Harris prometeu nos retirar do Oriente Próximo. Mas acho que não consigo, ou meu subconsciente não consegue, sequer imaginar um mundo sem guerra. O melhor que ele consegue fazer é substituir um tipo de guerra por outro. Você falou "chega de assassinatos de humanos por outros humanos". Então, sonhei com os alienígenas. Suas ideias são sensatas e racionais, mas é o meu inconsciente que você está tentado usar, não minha mente racional. Racionalmente, talvez eu pudesse inventar que, na espécie humana, as pessoas de uma nação não tentam exterminar as pessoas de outras; na verdade, racionalmente é mais fácil conceber isso do que entender os motivos para guerrear. Mas você está lidando com algo que é externo à razão. Está tentando alcançar objetivos progressistas, humanitários, com uma ferramenta que não é apropriada para o trabalho. Quem tem sonhos humanitários?

Haber não disse nada e não demonstrou nenhuma reação, então Orr prosseguiu.

— Ou talvez não seja só meu inconsciente, minha mente irracional; talvez seja minha totalidade, todo o meu ser, que simplesmente não serve para esse trabalho. Sou muito derrotista, ou passivo, talvez, como você disse. Não tenho desejos suficientes. Talvez isso tenha a ver com o fato de eu ter essa… essa capacidade de sonhar de maneira efetiva; mas se não tiver, pode haver outros que consigam fazer isso, pessoas com mentes mais parecidas com a sua, com quem você pode trabalhar melhor. Você poderia testar, não posso ser o único, talvez eu apenas tenha me tornado consciente do que acontece. Mas não *quero* fazer isso. Quero escapar do anzol. Não aguento. Quer dizer… veja, tudo bem, a guerra no Oriente Próximo já terminou há seis anos, ótimo, mas agora há os alienígenas lá em cima, na Lua. E se eles aterrissarem? Que tipo de monstros você desencavou de meu psiquismo inconsciente em nome da paz? Nem eu sei!

— Ninguém sabe qual a aparência dos alienígenas, George — Haber respondeu, em um tom sensato e reconfortante. — Todos nós temos sonhos aflitivos em relação e eles, só Deus sabe! Mas, como você colocou, já faz mais de seis anos desde que eles desceram na Lua, e ainda não chegaram à Terra. A esta altura, nossos sistemas de mísseis de defesa são plenamente eficientes. Não há motivo para pensar que vão aparecer agora, se não o fizeram ainda. O período de risco foi ao longo dos primeiros meses, antes que a Defesa fosse mobilizada com base na cooperação internacional.

Orr ficou algum tempo sentado, de ombros caídos. Queria gritar com Haber: "Mentiroso! Por que está mentindo para mim?" Mas esse ímpeto não era forte. Aquilo não levaria a lugar nenhum. Até onde ele sabia, Haber era incapaz de agir com sinceridade porque mentia para si mesmo. Ele podia ter compartimentado a própria mente em duas metades herméticas: em uma delas, sabia que os sonhos de Orr alteravam a realidade e os empregava com esse objetivo; na outra, o que sabia era que estava usando hipnoterapia e ab-reação onírica para tratar um paciente esquizoide que acreditava ter sonhos que alteravam a realidade.

O fato de que, assim, Haber pudesse ter interrompido a comunicação consigo mesmo era, para Orr, bastante difícil de imaginar;

sua própria mente era tão resistente a tais divisões que ele demorava para reconhecê-las nos outros. Mas Orr tinha aprendido que elas existiam. Crescera em um país governado por políticos que mandavam pilotos em bombardeiros para matar bebês e assim tornar o mundo seguro para que as crianças crescessem.

Mas aquilo, agora, era no velho mundo. Não no admirável mundo novo.

— Estou entendendo — ele disse. — Você tem que ver isso. É psiquiatra. Não vê que estou desmoronando? Alienígenas do espaço sideral atacando a Terra? Olha, se me pedir para sonhar outra vez, o que você vai conseguir? Talvez um mundo completamente insano, produto de uma mente insana. Monstros, fantasmas, bruxas, dragões, mutações... todas as coisas que carregamos dentro de nós, todos os pavores da infância, terrores noturnos, pesadelos. Como você pode evitar que isso tudo se manifeste? Eu não consigo impedir. Não tenho controle!

— Não se preocupe com controle! É liberdade que você está se esforçando para conseguir — Haber respondeu em tom violento. — Liberdade! Seu psiquismo inconsciente não é um reservatório de horror e depravação. Essa é uma noção vitoriana tremendamente destrutiva. Ela incapacitou a maioria das melhores mentes do século XIX e tolheu a psicologia por toda a primeira metade do XX. Não tenha medo do seu psiquismo inconsciente! Ele não é um poço escuro de pesadelos. Nada parecido! É um manancial de saúde, imaginação, criatividade. O que chamamos de "mal" é produto da civilização, suas coações e repressões, que deformam a autoexpressão espontânea, livre, da personalidade. O propósito da psicoterapia é exatamente esse, remover esses medos e pesadelos infundados, trazer à tona o que está inconsciente à luz da consciência racional, examiná-lo de forma objetiva e descobrir que *não há nada a temer*.

— Mas há — Orr disse muito baixinho.

Enfim, Haber o deixou ir embora. Orr saiu ao crepúsculo de primavera e ficou parado um instante nos degraus do Instituto com as mãos nos bolsos, olhando para a iluminação das ruas da cidade, lá embaixo, tão embaçadas pela névoa e pelo anoitecer que pareciam piscar e se deslocar como os vultos minúsculos e prateados dos peixes tropicais em um aquário escuro. Um teleférico ruidoso subia a colina escarpada em direção ao retorno ali no ponto mais alto do Washington Park, em frente ao Instituto. Orr foi até a rua e embarcou no momento em que o teleférico fazia o retorno. Seu caminhar era esquivo e ainda sem direção. Movia-se como um sonâmbulo, como alguém empurrado.

7

O ato de sonhar acordado – que está para o ato de pensar como a nebulosa está para a estrela – beira o sono e com ele se relaciona como se fosse sua fronteira. Uma atmosfera habitada por transparências vivas: ali começa o desconhecido. Mas para além dele se abre, imenso, o Possível. Lá estão outros seres, outros fatos. Nada de sobrenatural, apenas a continuidade oculta da natureza infinita. [...] O sono está em contato com o Possível, ao qual também chamamos improvável. O mundo noturno é um mundo. A noite, enquanto noite, é um universo. [...] As coisas sombrias do mundo desconhecido se tornam próximas do homem, seja pela comunicação verdadeira, seja pela ampliação visionária das distâncias do abismo [...] e aquele que dorme – sem enxergar totalmente, sem estar totalmente inconsciente – vislumbra animalidades estranhas, vegetações exóticas, ausências de cores, terríveis ou radiantes, fantasmas, máscaras, figuras, hidras, confusões, luares sem lua, obscuras reversões de milagres, expansões e desaparecimentos no interior de uma profundidade escura, formas flutuando na sombra, todo o mistério ao qual chamamos Sonhar e que não é nada mais que a aproximação de uma realidade invisível. O sonho é o aquário da noite.

VICTOR HUGO, *OS TRABALHADORES DO MAR*

Às 14h10 de 30 de março, Heather Lelache foi vista saindo do Dave's Fine Foods na Rua Ankeny e se dirigindo para o sul pela Quarta Avenida, carregando uma grande bolsa preta com fecho de bronze e vestindo uma capa de chuva de vinil vermelho. Cuidado com essa mulher. Ela é perigosa.

Não que, de uma maneira ou de outra, ela desse importância à ideia de se encontrar com aquele maluco miserável, mas – que droga –, ela detestava parecer tola na frente de garçons. Meia hora ocupando uma mesa bem no meio da aglomeração de pessoas da hora do almoço – "Estou esperando alguém", "Desculpe, estou esperando por alguém" – e então ninguém veio, ninguém chegou e ela precisou, por fim, fazer o pedido e engolir a coisa toda com pressa, por isso agora estava com azia. Além de ressentimento, ultraje e *ennui*. Ah, os males franceses da alma.

Ela virou à esquerda na Morrison e, de repente, parou. O que estava fazendo ali? Aquele não era o caminho para a Forman, Esserbeck e Rutti. Voltou imediatamente vários quarteirões em direção ao norte. Atravessou a Ankeny, chegou à Burnside e parou outra vez. Que merda ela estava fazendo?

Indo para o edifício-garagem adaptado no 209 da Burnside? O escritório dela ficava no Pendleton Building, o primeiro edifício comercial pós-Colapso de Portland, na Morrison, quinze andares, decoração neo-incaica. Que edifício-garagem adaptado? Que tipo de gente trabalharia em um edifício-garagem?

Ela desceu a Burnside e procurou. De fato, lá estava o edifício. Por toda a parte havia avisos dizendo "Condenado".

O escritório dela ficava ali, no terceiro andar.

Enquanto ficou parada lá embaixo, na calçada, olhando para o edifício desocupado com seu piso estranho, um pouco inclinado e estreitas fendas no lugar das janelas, teve uma sensação realmente muito estranha. *O que* tinha acontecido na sexta-feira passada, naquela sessão psiquiátrica?

Ela precisava encontrar aquele desgraçado de novo. Sr. Ora Ora. Ele dera o bolo nela no almoço, e daí?, ela ainda tinha algumas perguntas para fazer a ele. Caminhou a passos largos em direção ao sul – tilintando, ressoando, estalando – até o Pendleton Building, e ligou para ele de sua sala. Primeiro na Bradford Industries (não, o sr. Orr não veio hoje, não, ele não telefonou), depois na casa dele (*triiim, triiim, triiim*).

Talvez devesse telefonar para o dr. Haber outra vez. Mas ele era tão importante, dirigindo o Palácio dos Sonhos lá no alto do parque... Além disso, o que ela estava pensando? Haber não podia saber que ela tinha alguma relação com Orr. A mentirosa constrói a armadilha – mas é ela que cai. Aranha presa na própria teia.

Naquela noite, Orr não atendeu ao telefone às 19h, às 21h ou às 23h. Ele não estava no trabalho na terça-feira de manhã, nem às 14h de terça-feira. Às 16h30 de terça, Heather Lelache deixou a sede da Forman, Esserbeck e Rutti, tomou o bonde para a Rua Whiteaker, subiu a colina até a Avenida Corbett, encontrou a casa e tocou a campainha: um dos seis botões de campainha de uma pequena fileira imunda, apertado infinitas vezes, no batente descascado de uma porta com painéis de vidro lapidado em uma casa que fora o orgulho de alguém em 1905 ou 1892, e que enfrentara tempos difíceis desde então, mas caminhava para a ruína com compostura e com uma glória encardida. Não houve resposta quando ela tocou a campainha de Orr. Tocou a do sr. Ahrens Síndico. Duas vezes. Síndico veio; no início, foi pouco cooperativo. Mas uma coisa que a Viúva Negra dominava era a intimidação de insetos menores. Síndico subiu com ela e tentou abrir a porta de Orr. A porta abriu. Ele não a tinha trancado.

Ela recuou. De repente pensou que poderia haver morte ali dentro. Além disso, não era a casa dela.

Síndico, indiferente à propriedade privada, invadiu-a, e ela o seguiu, relutante.

Os cômodos amplos, antigos e vazios eram sombrios e estavam desocupados. Pareceu tolice ter pensado em morte. Orr não possuía muito; eles não encontraram a gororoba e a bagunça de um solteirão, nem o asseio comportado de um solteirão. Havia poucas marcas de sua personalidade nos cômodos; ainda assim, ela o enxergou morando ali, um homem silencioso vivendo em silêncio. Havia um copo de água sobre a mesa de cabeceira, com um arranjo de flores brancas. A água tinha evaporado cerca de meio centímetro.

— Sei não para onde ele foi — Síndico disse, mal-humorado, e olhou para ela em busca de ajuda. — Você acha que ele sofreu um acidente? Coisa assim? — Síndico usava um casaco de camurça com franjas, uma juba e um colar de sua juventude com o símbolo de Aquário: aparentemente, não trocava de roupa havia trinta anos. Tinha um gemido acusador como o de Bob Dylan. Até cheirava a maconha. Os velhos hippies não morrem nunca.

Heather olhou-o com delicadeza, pois seu cheiro a lembrava de sua mãe. Ela falou:

— Talvez ele tenha ido para a casa que tem na costa. O problema é que ele não está bem, sabe, está em terapia pelo governo. Vai se encrencar se ficar longe. Você sabe onde fica essa cabana, ou se ele tem telefone lá?

— Sei não.

— Posso usar seu telefone?

— Use o dele — disse Síndico, dando de ombros.

Ela ligou para um amigo da Oregon State Parks e conseguiu que ele pesquisasse e lhe desse os endereços das 34 cabanas da Floresta Nacional de Siuslaw que tinham sido sorteadas. Síndico ficou vagando por ali para escutar e, quando ela terminou, comentou:

— Tem amigos em cargos importantes, hã?

— Isso ajuda — a Viúva Negra respondeu, sibilante.

— Espero que encontre o George. Gosto daquele sujeito. Ele pega meu cartão farmacêutico emprestado — Síndico disse, e de repente soltou uma gargalhada, que sumiu de uma vez. Heather partiu deixando-o taciturno, recostado no batente descascado da porta da frente, ele e a velha casa servindo um ao outro, mutuamente, como escora.

Heather pegou o bonde de volta ao centro, alugou um Ford a vapor na Hertz e partiu às pressas para o oeste pela 99. Estava se divertindo. A Viúva Negra persegue sua presa. Por que não se tornou uma detetive em vez de uma droga de advogada cível idiota de terceira classe? Ela odiava a lei. Aquilo exigia uma personalidade agressiva, assertiva. Ela não era assim. Tinha uma personalidade sorrateira, dissimulada, insegura, escamosa. Sofria dos males franceses da alma.

O carrinho logo se viu livre da cidade, porque não existia mais a nódoa suburbana que, no passado, margeara as estradas do Oeste ao longo de quilômetros. Durante o período da Peste dos anos 1980, quando, em algumas áreas, não sobrevivia sequer uma pessoa em vinte, o subúrbio não era um bom lugar para se estar. A quilômetros de distância do supermercado, sem gasolina para o carro e com todos os sobrados ao seu redor cheios de gente morta. Sem ajuda, sem comida. Matilhas de cães enormes, símbolos de status – galgos afegãos, pastores alemães, dogues alemães –, correndo desenfreados pelos campos tomados por bardana e tanchagem. Janela rachada. Quem viria consertar o vidro quebrado? As pessoas tinham se amontoado no centro antigo da cidade; e, depois que os subúrbios foram saqueados, pegaram fogo. Como Moscou em 1812, a mão de Deus ou o vandalismo: não eram mais desejados e foram queimados. A erva do fogo, de onde as abelhas fazem o melhor mel de todos, brotou por hectares e hectares de Kensington Homes West, Sylvan Oak Manor Estates e Valley Vista Park.

O sol estava se pondo quando ela cruzou o rio Tualatin, inerte como seda entre margens íngremes cheias de árvores. Depois de algum tempo, a lua surgiu à sua esquerda, alta, quase cheia, amarela, ao mesmo tempo em que a estrada tomava a direção sul. Aquilo a preocupava, ela olhava por cima do ombro nas curvas. Já não tinha prazer em trocar olhares com a lua. Ela não simbolizava mais nem o Inalcançável, como fora por milhares de anos, nem o

Alcançável, como fora por algumas décadas, mas o Irrecuperável. Uma moeda roubada, o cano da arma de alguém virado contra esse alguém, um rombo circular no tecido do céu. Os alienígenas dominavam a Lua. Seu primeiro ato de agressão – o primeiro aviso que a humanidade teve de sua presença no sistema solar – fora o ataque à Base Lunar, o horrível assassinato por asfixia dos quarenta homens que estavam sob a bolha em forma de domo. E, ao mesmo tempo, no mesmo dia, eles destruíram a plataforma espacial russa, aquela coisa estranha e bela como uma grande semente de dente--de-leão que orbitava a Terra e de onde os russos partiriam para Marte. Somente dez anos depois da remissão da Peste, a civilização humana, destruída, ressurgira como uma fênix entrando em órbita rumo à Lua, a Marte: e encontrara aquilo. Uma brutalidade sem forma, sem palavras, sem motivo. O ódio imbecil do universo.

As estradas não recebiam manutenção como na época em que as rodovias reinavam; agora havia trechos acidentados e esburacados. Mas Heather atingiu várias vezes o limite de velocidade (70 km/h) enquanto atravessava o amplo vale iluminado pelo luar, cruzando o rio Yamhill quatro vezes – ou foram cinco? – e passando por Dundee e Grand Ronde, a primeira uma aldeia viva e a outra, deserta, tão morta quanto Karnak, até chegar, enfim, às colinas, às florestas. Corredor Florestal de Van Duzer, antiga sinalização da estrada arborizada: terra há muito tempo protegida das madeireiras. Nem todas as florestas dos Estados Unidos tinham sido transformadas em sacos de supermercado, sobrados e revistinhas de Dick Tracy para as manhãs de domingo. Algumas permaneceram. Um desvio à direita: Floresta Nacional de Siuslaw. Também não havia malditas fazendas de árvores, cheias de tocos e mudas doentes; havia apenas florestas virgens. Grandes pinheiros escureciam o céu iluminado pela Lua.

A placa que Heather procurava era quase invisível na escuridão cheia de galhos e samambaias que engoliam as luzes dos faróis dianteiros. Ela virou outra vez e desceu lentamente, aos solavancos, seguindo por mais ou menos um quilômetro de buracos e lombadas até que ver a primeira cabana, com o luar sobre o telhado. Havia passado um pouco das 20h.

As cabanas estavam em lotes, com dez a doze metros de distância entre elas; poucas árvores tinham sido sacrificadas, mas a vegetação rasteira fora removida. Assim que Heather compreendeu a estrutura, conseguiu ver os pequenos telhados recebendo a luz da Lua e, do outro lado do riacho, um conjunto semelhante. Apenas uma janela estava iluminada. Uma terça-feira à noite de início de primavera: não havia muitas pessoas de férias. Quando abriu a porta do carro, ela foi surpreendida pelo barulho do riacho, um rugido forte e incessante. Um louvor eterno e intransigente! Heather chegou à cabana iluminada depois de tropeçar apenas duas vezes no escuro, e olhou para o carro estacionado ao lado. Um carro elétrico da Hertz. Obviamente. Mas e se não fosse ele? Poderia ser um estranho. Ah, tudo bem, merda, as pessoas não iriam mordê-la, iriam? Ela bateu na porta.

Depois de um tempo, xingando baixinho, ela bateu outra vez. O riacho gritava alto, a floresta estava muito quieta.

Orr abriu a porta. Seu cabelo pendia em cachos e mechas emaranhadas, seus olhos estavam injetados, os lábios, secos. Olhou para ela piscando. Parecia destruído e desarrumado. Ela ficou apavorada por ele.

— Você está doente? — ela perguntou, brusca.

— Não, eu... Entre...

Ela tinha que entrar. Havia um atiçador para o aquecedor de Franklin: ela poderia se defender com aquilo. Obviamente, ele poderia atacá-la com o objeto se conseguisse pegá-lo primeiro.

Ai, pelo amor de Deus, eles tinham a mesma altura e ela estava muito mais em forma. Covarde, covarde.

— Está chapado?

— Não, eu...

— Você o quê? Qual é o seu problema?

— Não consigo dormir.

A minúscula cabana tinha um cheiro maravilhoso de fumaça de lenha e de madeira recém-cortada. A mobília era o aquecedor de Franklin com uma chapa de fogão de duas bocas, uma caixa cheia de galhos de amieiro, um armário, uma mesa, uma cadeira, uma cama militar.

— Sente-se — disse Heather. — Você está com uma aparência horrível. Precisa de uma bebida ou de um médico? Tenho um pouco de conhaque no carro. Seria melhor vir comigo e encontramos um médico em Lincoln City.

— Estou bem. É só resmungo resmungo que peguei no sono.

— Você falou que não conseguia dormir.

Ele a encarou com os olhos injetados e turvos.

— Não posso. Medo.

— Ai, Jesus. Há quanto tempo isso vem acontecendo?

— Resmungo resmungo domingo.

— Você não dorme desde domingo?

— Sábado? — ele disse, em dúvida.

— Você tomou alguma coisa? Comprimidos estimulantes?

Ele balançou a cabeça.

— Adormeci um pouco — ele disse, claramente, e depois pareceu adormecer por um momento, como se tivesse noventa anos. Mas ao mesmo tempo em que ela observava, incrédula, ele acordou de novo e falou, lúcido: — Você veio aqui por minha causa?

— Para que mais? Para cortar árvores de Natal? Pelo amor de Deus… Você me deu o bolo no almoço de ontem.

— Oh. — Ele olhou fixo, sem dúvida tentando enxergá-la. — Sinto muito — disse —, não tenho estado em meu juízo perfeito.

Ao falar isso, de repente era ele mesmo outra vez, apesar do cabelo e dos olhos de lunático: um homem cuja dignidade pessoal era tão profunda a ponto de ser quase invisível.

— Tudo bem. Eu não ligo! Mas você está faltando à terapia... não está?

Ele assentiu.

— Quer um pouco de café? — ele perguntou. Aquilo era mais do que dignidade. Integridade? Completude? Como um bloco de madeira não esculpido.

A possibilidade infinita, a integridade ilimitada e incondicional do ser que não está comprometido, não reage, não foi entalhado: o ser que, não sendo nada além de si mesmo, é tudo.

Por um breve instante, ela o enxergou assim, e o que mais a impressionava naquela percepção era a força dele. Era a pessoa mais forte que ela já conhecera, porque não podia ser deslocado de seu centro. E foi por isso que gostou dele. Foi atraída pela força, aproximou-se dela como uma mariposa da luz. Ela tinha recebido muito amor quando criança, mas não havia força ao seu redor, ninguém em quem se apoiar: as pessoas se apoiavam nela. Por trinta anos ela desejara conhecer alguém que não se apoiasse nela, que não conseguisse...

Ali, baixo, de olhos injetados, psicótico e escondido, ali estava ele, seu pilar de força.

A vida é a mais incrível confusão, pensou Heather. Nunca se pode adivinhar o que vem a seguir. Tirou o casaco enquanto Orr pegava uma xícara na prateleira do armário e leite enlatado na dispensa. Ele trouxe uma xícara de café forte: 97% de cafeína, 3% descafeinado.

— Nada para você?

— Bebi demais, me dá azia.

O coração dela se entregou a ele completamente.

— E o conhaque?

Ele parecia melancólico.

— Não vai fazer você dormir. Vai animá-lo um pouco. Vou buscá-lo.

Com uma lanterna, ele iluminou o caminho dela de volta ao carro. O riacho gritava, as árvores permaneciam silenciosas, a Lua brilhava alta – a Lua dos alienígenas.

De volta à cabana, Orr serviu uma dose modesta do conhaque e provou. Estremeceu.

— Isso é bom — disse ele, e bebeu tudo.

Ela o observava com aprovação.

— Sempre carrego um frasco — ela contou. — Enfiei no porta-luvas porque, se a polícia me parasse e eu tivesse de mostrar minha carteira de motorista, poderia parecer meio estranho ter isso na minha bolsa. Mas na maioria das vezes o carrego comigo. Engraçado como tem utilidade algumas vezes por ano.

— É por isso que carrega uma bolsa tão grande? — Orr perguntou, com a voz tomada pelo conhaque.

— Exato! Acho que vou colocar um pouco no meu café. Pode deixá-lo mais fraco. — Ela encheu o copo dele ao mesmo tempo. — Como conseguiu ficar acordado por sessenta ou setenta horas?

— Não totalmente. Só não me deitei. É possível dormir um pouco sentado, mas não dá para sonhar. É preciso deitar para entrar no sono com sonhos, de modo que os músculos grandes relaxem. Li isso em livros. Funciona muito bem. Ainda não tive um sonho de verdade. Mas não ser capaz de relaxar faz a pessoa acordar outra vez. Então, nos últimos tempos, tenho algo parecido com alucinações. Coisas serpenteando pela parede.

— Você não pode continuar assim!

— Não. Eu sei. Só precisei fugir. Do Haber. — Pausa. Ele parecia ter entrado em outro período de estupor. Deu uma risada bastante tola. — A única solução que enxergo de fato — ele disse — é me matar. Mas não quero. Isso simplesmente não parece certo.

— Óbvio que não é certo!

— Mas preciso parar de alguma maneira. Tenho que ser impedido.

Ela não conseguia acompanhá-lo, nem queria.

— Este é um bom lugar — ela disse. — Não sinto cheiro de fumaça de lenha há vinte anos.

— Polui o ar — ele falou, com um sorriso fraco. Parecia estar bastante destruído, mas ela percebeu que ele se sentava na cama mantendo a postura ereta, não se recostando sequer na parede. Ele piscou várias vezes. — Quando a ouvi bater na porta, pensei que era um sonho... resmungo começando.

— Você disse que sonhou com esta cabana. Bem modesta para um sonho. Por que não arranjou um chalé de praia em Salishan ou um castelo no Cabo Perpetua?

Ele balançou a cabeça, franzindo a testa.

— Era isto que eu queria. — Depois de piscar um pouco mais, falou: — O que aconteceu. O que aconteceu com você. Sexta-feira. No escritório do Haber. A sessão.

— Foi isso que vim lhe perguntar!

Aquilo o despertou.

— A senhorita *estava* consciente...

— Acho que sim. Quer dizer, sei que algo aconteceu. Tenho certeza de que, desde então, tenho tentado percorrer dois trilhos com as mesmas rodas. Bati direto em uma parede no domingo, em meu próprio apartamento! Viu? — Exibiu uma contusão enegrecida na testa, sob a pele marrom. — Uma hora a parede estava lá, mas *na outra* não estava... Como você vive com isso acontecendo o tempo todo? Como sabe onde tudo está?

— Não sei — respondeu Orr. — Fico todo perdido. Se tem que acontecer, não é para acontecer com tanta frequência. É demais. Não sei mais se estou louco ou se apenas não consigo lidar com todas as informações discrepantes. Eu... quer dizer que a senhorita acredita mesmo em mim?

— O que mais posso fazer? Vi o que aconteceu com a cidade! Estava olhando pela janela! Não pense que quero acreditar.

Não quero, tento não acreditar. Meu Deus, é terrível. Mas esse dr. Haber, ele também não queria que eu acreditasse, queria? Ele com certeza tentou usar a lábia dele. Mas depois do que você disse quando acordou; e depois de bater contra as paredes e ir para o escritório errado... Então, continuo me perguntando, será que ele sonhou com algo mais desde sexta-feira, as coisas foram todas alteradas outra vez, mas não sei porque não estava lá, e continuo me perguntando quais coisas foram alteradas e se há algo real de verdade. Ai, merda, isso é horrível.

— É isso mesmo. Ouça, sabe a guerra... a guerra no Oriente Próximo?

— Claro que sei. Meu marido morreu na guerra.

— Seu marido? — Ele parecia chocado. — Quando?

— Apenas três dias antes de a interromperem. Dois dias antes da Conferência de Teerã e do Pacto EUA-China. Um dia depois de os alienígenas explodirem a Base Lunar.

Ele a encarava como se estivesse estarrecido.

— O que há de errado? Oh, inferno, é uma cicatriz antiga. Seis anos atrás, quase sete. E se ele tivesse vivido, a esta altura teríamos nos divorciado, era um péssimo casamento. Olha, não foi sua culpa!

— Eu não sei mais o que é minha culpa.

— Bem, Jim com certeza não é. Ele era apenas um canalha negro, alto e bonito, figurão da Força Aérea, capitão aos 26 anos e abatido aos 27, você não acha que inventou isso, acha? Essas coisas vêm acontecendo há milhares de anos. E aconteceu exatamente o mesmo naquele outro... bem antes de sexta-feira, quando o mundo estava tão superpovoado. A mesma coisa. Só que isso foi no início da guerra... não foi? — A voz dela ficou mais baixa, mais suave. — Meu Deus. Foi no início da guerra, e não pouco antes do cessar-fogo. Essa guerra continuou por muito tempo. Ainda estava acontecendo há pouco. E não havia... Não existiam alienígenas... existiam?

Orr sacudiu a cabeça.

— Você *os* inventou no sonho?

— Ele me fez sonhar com a paz. Paz na Terra, boa vontade entre homens. Então criei os alienígenas. Para nos dar algo para combater.

— Você não criou. Aquela máquina dele faz isso.

— Não. Posso me virar bem sem a máquina, srta. Lelache. Tudo o que ela faz é poupar tempo, me fazendo sonhar imediatamente. Embora ele venha trabalhando nela nos últimos dias para melhorá-la de alguma forma. Ele é ótimo em melhorar as coisas.

— Por favor, me chame de Heather.

— É um nome bonito.

— Seu nome é George. Ele ficou chamando você de George, naquela sessão. Como se você fosse um poodle muito esperto ou um macaco-rhesus. "Deite-se, George." "Sonhe com isso, George."

Ele riu. Seus dentes eram brancos e a risada agradável, abrindo uma brecha entre o desalinho e a confusão.

— Esse não sou eu. É o meu subconsciente, entende, com quem Haber fala. É como uma espécie de cachorro ou macaco, para os propósitos dele. Não é racional, mas pode ser treinado para executar truques.

Ele nunca falava com amargura, não importando quão terríveis fossem as coisas que dizia. Existem pessoas sem ressentimento, sem ódio?, ela se perguntou. Pessoas que nunca vão na contramão do universo? Que reconhecem o mal e resistem ao mal, mas ainda assim não são completamente afetadas por ele?

Óbvio que existem. Inúmeras, vivas e mortas. Aquelas que, por pura compaixão, retornam à roda, aquelas que seguem o caminho que não pode ser seguido sem saber que o seguem, a esposa do meeiro no Alabama e o lama no Tibete, o entomologista no Peru e o operário em Odessa, o verdureiro em Londres e o pastor de cabras na Nigéria e os homens muito velhos afiando um graveto ao lado do leito de um riacho seco em algum lugar da Austrália e todos os outros. Não há uma pessoa entre nós que não os tenha conhecido. Existem em número suficiente, suficiente para nos manter vivendo. Talvez.

— Agora ouça. Diga-me, eu preciso saber: foi depois que você começou a ir ao Haber que você começou a ter...

— Sonhos eficazes. Não, antes. Esse foi o motivo para começar a ir. Eu estava com medo dos sonhos, então estava pegando sedativos ilegalmente para suprimi-los. Eu não sabia o que fazer.

— Por que não tomou algo nas duas noites passadas, então, em vez de tentar ficar acordado?

— Tomei tudo o que tinha na sexta à noite. Não posso recarregar a prescrição aqui. Mas tive de fugir. Quis me afastar do dr. Haber. As coisas são mais complicadas do que ele está disposto a perceber. Ele acha que pode fazer as coisas acabarem bem. E tenta me usar para fazê-las acabarem bem, mas não vai admitir isso; ele mente porque não quer encarar, não está interessado no que é verdade, no que é fato, não consegue ver nada além de sua mente... suas ideias a respeito de como tudo deve ser.

— Bem. Não posso fazer nada por você, como advogada — disse Heather, sem acompanhar muito bem o assunto; tomou um gole do café com conhaque que ressuscitaria um morto. — Pelo que pude perceber, não houve nada de suspeito nas orientações hipnóticas dele; ele só falou para você não se preocupar com superpopulação e outras coisas. E se ele estiver determinado a esconder o fato de que usa seus sonhos para propósitos pessoais, ele consegue; usando hipnose ele pode garantir que você não tenha um sonho efetivo enquanto alguém mais estiver observando. Eu me pergunto por que ele deixou que eu testemunhasse um deles. Tem certeza de que ele acredita mesmo nos sonhos? Não o entendo. De qualquer forma, é difícil para um advogado interferir entre o psiquiatra e seu paciente, em especial quando o psiquiatra é um figurão e o paciente é um doido que acha que seus sonhos se realizam... não, não quero isso no tribunal! Mas olhe. Não há nenhuma maneira de você parar de sonhar para ele? Tranquilizantes, talvez?

— Não tenho cartão farmacêutico enquanto estou em TTV. Ele teria que prescrevê-los. De qualquer forma, o Ampliador dele poderia me obrigar a sonhar.

— *Isso* é invasão de privacidade, mas não dá um processo... Ouça. E se você tivesse um sonho que causasse uma alteração *nele*?

Orr olhou para ela através de uma névoa de sono e conhaque.

— Tornando-o mais benevolente... bem, você diz que ele é benevolente, que tem boas intenções. Mas ele é sedento por poder. Encontrou uma ótima maneira de governar o mundo sem assumir qualquer responsabilidade por isso. Bem. Torne-o menos sedento por poder. Sonhe que ele é um homem *realmente* bom. Sonhe que ele está tentando curar você, não usar você!

— Mas não posso escolher meus sonhos. Ninguém pode.

Ela murchou.

— Esqueci. No momento em que aceito que isso é real, continuo achando que é algo que você pode controlar. Mas não pode. Você simplesmente *faz* isso.

— Não faço nada — replicou Orr, mal-humorado. — Nunca fiz coisa alguma. Apenas sonho. E, então, acontece.

— Vou hipnotizar você — disse Heather de repente.

Aceitar um fato incrível como verdadeiro dera a ela um sentimento um pouco inebriante: se os sonhos de Orr funcionavam, o que mais poderia não funcionar? Além disso, ela não comia nada desde o meio-dia e o efeito do café com conhaque estava batendo.

Ele fixou o olhar por mais algum tempo.

— Já fiz isso. Fiz cursos de Psicologia na faculdade, no preparatório para o Direito. Em um curso, todos nós atuamos tanto como hipnotizadores quanto como pacientes. Fui uma paciente mediana, mas muito boa em deixar os outros inconscientes. Vou deixá-lo inconsciente e sugerir um sonho para você. Sobre o dr. Haber... torná-lo inofensivo. Vou dizer para só sonhar isso, nada mais. Entende? Não seria seguro? Tão seguro quanto qualquer coisa que pudéssemos tentar, a esta altura?

— Mas sou resistente à hipnose. Não era, mas ele diz que agora sou.

— É por isso que ele usa indução vago-carótida? Odeio assistir àquilo, parece um assassinato. Não poderia fazer isso, de qualquer maneira, não sou médica.

— Meu dentista costumava usar apenas uma fita de hipnose. Funcionava bem. Pelo menos eu acho que sim. — Ele com certeza estava falando dormindo e poderia resmungar indefinidamente.

Com delicadeza, ela disse:

— Parece que você está resistindo ao hipnotizador, não à hipnose... Em todo caso, poderíamos tentar. E se funcionar, eu poderia lhe dar uma sugestão pós-hipnótica para ter um breve... Como você chama... Sonho efetivo, sobre Haber. Assim ele vai admitir a verdade para você e tentar ajudá-lo. Acha que isso pode funcionar? Confiaria nisso?

— De qualquer forma, eu poderia dormir um pouco — ele disse. — Eu... vou ter que dormir em algum momento. Acho que não consigo passar desta noite. Se você acha que conseguiria fazer a hipnose ...

— Acho que consigo. Mas escute, você tem algo para comer aqui?

— Sim — ele respondeu, esgotado. Depois de algum tempo voltou a si. — Ah, sim. Sinto muito. Você não comeu. Chegou aqui... Tem um pedaço de pão... — Ele remexeu a despensa, trouxe pão, margarina, cinco ovos cozidos, uma lata de atum e uma alface murcha. Ela encontrou duas formas de estanho para tortas, três garfos diferentes e uma faca de cozinha.

— Você comeu? — ela quis saber. Ele não tinha certeza. Fizeram a refeição juntos, ela sentada na cadeira à mesa, ele de pé. Ficar em pé parecia reanimá-lo, e ele se revelou um comilão faminto. Tiveram que dividir tudo pela metade, até mesmo o quinto ovo.

— Você é uma pessoa muito gentil — disse ele.

— Eu? Por quê? Por vir aqui, você quer dizer? Ai, merda, eu fiquei assustada. Com aquela amostra de alteração do mundo na sexta-feira! Eu precisava compreender direito. Ouça, eu estava olhando diretamente para o hospital onde nasci, do outro lado do rio, enquanto você sonhava e, de repente, ele não estava lá e nunca tinha estado!

— Pensei que você viesse do Leste — ele falou. A relevância não era seu ponto forte naquele momento.

— Não. — Ela raspou a lata de atum meticulosamente e lambeu a faca. — Portland. Agora, duas vezes. Dois hospitais diferentes. Nossa senhora! Nascida e criada. Assim como meus pais. Meu pai era negro e minha mãe era branca. É meio interessante. Ele era um cara militante Black Power de verdade, nos anos setenta, sabe, e ela era hippie. Ele era de uma família de Albina, que recebia assistência social, não tinha pai; e ela era filha de um advogado da corporação de Portland Heights. E largou a faculdade, se drogou, todas aquelas coisas que as pessoas faziam na época. E eles se conheceram em alguma manifestação política, passeata. Isso aconteceu quando as manifestações ainda eram legais. E se casaram. Mas ele não conseguiu aguentar, toda a situação, quero dizer, não só o casamento. Quando eu tinha oito anos, ele foi para a África. Para Gana, acho. Ele achava que a família dele veio originalmente de lá, mas não dava para ter certeza. Eles estavam na Louisiana desde que se tinha notícia, Lelache era o nome do proprietário de escravos, é francês. Significa covarde. Estudei francês no Ensino Médio por causa do sobrenome francês. — Ela disfarçou o riso. — Em todo caso, ele simplesmente partiu. E a pobre Eva quase desmoronou. É minha mãe. Ela nunca quis que eu a chamasse de mãe ou mamãe ou coisa assim, pois indicava possessividade da família nuclear de classe média. Então eu a chamava de Eva. E nós moramos por um tempo em uma espécie de comunidade no monte Hood, ai, Deus! Como era frio no inverno! Mas a polícia baixou lá, disse que era uma conspiração contra os Estados Unidos. E depois disso ela vivia às custas dos outros, fazia peças refinadas de cerâmica quando conseguia usar a roda de oleiro e o forno de alguém, mas na maioria das vezes dava uma ajuda em pequenas lojas e restaurantes, essas coisas. Aquelas pessoas se ajudavam muito. Muito mesmo. Mas ela nunca conseguiu manter distância das drogas pesadas, estava viciada. Parava por um ano e depois… bingo. Ela sobreviveu à Peste, mas aos 38 anos usou uma agulha imunda e aquilo a matou. E, merda, imagina se a *família* dela não apareceu e me levou embora. Eu nunca os tinha visto! E me colocaram na faculdade e no curso de Direito. E vou até lá para o jantar da véspera de Natal todos os anos. Sou a cota negra deles. Mas vou contar, o que me irrita mesmo é que não conseguem decidir de que cor sou. Quer dizer, meu pai era negro, um verdadeiro negro… ele tinha um pouco de sangue branco, mas era *negro*… e minha mãe era branca, e eu não sou nem uma coisa nem outra. Veja, meu pai realmente odiava minha mãe por ser branca. Só que também a amava. Mas acho que ela amava o fato de ele ser negro muito mais do que *o* amava. Bem, onde fico nisso? Nunca descobri.

— Marrom — disse ele, em tom suave, de pé atrás da cadeira dela.

— Cor de merda.

— A cor da terra.

— Você é de Portland? Sua vez.

— Sim.

— Não consigo ouvir você com esse maldito riacho. Pensei que a selva seria silenciosa. Conte!

— Mas já tive tantas infâncias agora — ele falou. — Qual devo contar? Em uma meus pais morreram no primeiro ano da

Peste. Em outra não houve Peste. Eu não sei... nenhuma delas foi muito interessante. Quero dizer, não tenho nada para contar. Tudo que fiz foi sobreviver.

— Bem, é a coisa mais importante.

— Fica cada vez mais difícil. A Peste e agora os alienígenas... — Ele deu uma risada displicente, mas quando ela olhou para ele, seu rosto estava cansado e infeliz.

— Não consigo acreditar que você sonhou com eles. Simplesmente não consigo. Tive medo deles por tanto tempo, seis anos! Mas, assim que parei para pensar nisso, eu soube que você os sonhou, porque eles não estavam naquela outra... linha do tempo ou seja lá o que for. Na verdade, eles não são piores do que aquele superpovoamento horrível. Aquele apartamento horrível em que eu morava, com outras quatro garotas, em um condomínio de mulheres de negócios, pelo amor de Deus! E pegar aquele metrô horrível, e meus dentes eram terríveis, e nunca havia nada decente para comer e também não era nem metade do suficiente. Sabe, eu pesava 45 quilos na época, agora estou com 55. Ganhei dez quilos desde sexta-feira!

— É verdade. Você estava muito magra naquela primeira vez que a encontrei. No seu escritório de advocacia.

— Você também estava. Parecia esquelético. Só que todo mundo parecia, então não percebi. Agora parece que você poderia ser bastante robusto, se conseguisse dormir um pouco.

Ele ficou em silêncio.

— Também, todo mundo parece muito melhor, quando você para e pensa nisso. Veja. Se você não consegue evitar o que faz, e o que você faz torna as coisas um pouco melhores, você não deveria se sentir culpado em relação a isso. Talvez seus sonhos sejam apenas um jeito novo de a evolução agir, algo assim. Uma linha de comunicação direta. Sobrevivência do mais forte e tudo mais. Com prioridade para catástrofes.

— Ah, pior do que isso — ele disse no mesmo tom despreocupado e tolo; ele se sentou na cama. — Você se... — Ele gaguejou várias vezes. — Você se lembra de algo de quatro anos atrás, em abril... de 1998?

— Abril? Não, nada de especial.

— Foi quando o mundo acabou — disse Orr. Um espasmo muscular desfigurou seu rosto e ele engoliu em seco como se tomasse fôlego. — Ninguém mais se lembra.

— O que você quer dizer? — Ela perguntou, com um temor obscuro. Abril, abril de 1998, ela pensou, eu me lembro de abril de 1998? Achou que não, e sabia que devia; ela se sentia aterrorizada... por ele? Com ele? Por causa dele?

— Não é evolução. É apenas autopreservação. Não consigo... bem, foi muito pior. Pior do que você lembra. Era o mesmo mundo do qual você se lembra, com uma população de 7 bilhões, só que... era pior. Ninguém, exceto em alguns dos países europeus, colocou em ação o racionamento, o controle da poluição e o controle da natalidade com antecedência suficiente, nos anos 1970, e quando finalmente tentamos controlar a distribuição de alimentos foi tarde demais, não havia o suficiente, e a Máfia dirigia o mercado negro, todo mundo tinha que comprar no mercado negro para conseguir qualquer coisa para comer, e muitas pessoas não conseguiram nada. Eles reescreveram a Constituição em 1984, como você a conhece, mas as coisas estavam tão ruins àquela altura que foi muito pior, nem sequer simulava uma democracia, era uma espécie de estado policial, mas não funcionou, logo desmoronou. Quando eu estava com quinze anos as escolas foram fechadas. Não havia Peste, mas havia epidemias, uma seguida da outra, disenteria e hepatite e, depois, peste bubônica. Mas a maioria das pessoas morreu de fome. E, em 1993, começou a guerra no Oriente Próximo, mas foi diferente. Era Israel contra os árabes e o Egito. Todos os grandes países entraram na guerra. Um dos Estados africanos ficou do lado árabe e usou bombas nucleares em duas cidades de Israel, então os ajudamos a retaliar, e… — Ele ficou em silêncio por algum tempo e depois continuou, parecendo não perceber que houve qualquer lacuna em seu relato. — Eu estava tentando sair da cidade. Queria entrar no Forest Park. Estava doente, não conseguia continuar andando e me sentei nos degraus daquela casa nas colinas a oeste, as casas haviam sido todas incendiadas, mas a escada era de cimento, lembro que havia alguns dentes-de-leão florescendo em uma rachadura entre os degraus. Eu me sentei ali e não consegui me levantar, sabia que não conseguiria. Fiquei imaginando que estava de pé e continuava andando, saindo da cidade, mas era apenas delírio, voltei a mim e vi os dentes-de-leão de novo, soube que estava morrendo. E que tudo mais estava morrendo. Então eu tive… tive um sonho.

A voz dele tinha enrouquecido, agora estava presa.

— Eu estava bem — falou, por fim. — Sonhei que estava em casa. Acordei e estava bem. Estava na cama, em casa. Só que não era nenhuma casa que tive, na outra época, a primeira. A época ruim. Ai, céus, eu gostaria de não me lembrar disso. Em grande parte, não lembro. Não consigo. Desde então, disse a mim mesmo que foi um sonho. Que *aquilo* foi um sonho! Mas não foi. Isto aqui é. Isto não é real. Este mundo não é sequer provável. Aquilo era verdade. Foi o que aconteceu. Estamos todos mortos e destruímos o mundo antes de morrer. Não sobrou nada. Nada além de sonhos.

Ela acreditou nele e negou sua crença com fúria.

— E daí? Talvez isto seja tudo que sempre houve! Seja o que for, está tudo bem. Você não acha que teve poder de fazer algo que não deveria ter feito, acha? Quem você pensa que é? Não há nada que não se encaixe, que aconteça sem ter de acontecer. Nunca! O que importa se você chama isto de real ou de sonhos? É tudo uma unidade… não é?

— Não sei — respondeu Orr em agonia. Ela foi até ele e o abraçou como teria abraçado uma criança com dor, ou um homem que estivesse morrendo.

A cabeça pesava no ombro dela, a mão quadrada, de tamanho mediano, descansava em seu joelho.

— Você está dormindo — ela disse. Ele não retrucou. Ela teve que chacoalhá-lo com certa força até ele retrucar.

— Não, não estou — ele falou, com um sobressalto e endireitando a postura. — Não. — E caiu outra vez.

— George! — Era verdade: o uso do nome dele ajudou. Ele manteve os olhos abertos por tempo suficiente para olhar para ela. — Fique acordado, fique só um pouco acordado. Quero tentar a hipnose. Aí você pode dormir. — Ela pretendia perguntar com o que ele queria sonhar, qual ideia sobre Haber ela deveria infundir nele por meio da hipnose, mas agora ele estava longe demais. — Escute, sente-se na cama. Olhe para… olhe para a chama da lamparina, isso deve servir. Mas não durma. — Ela colocou a lamparina a óleo no centro da mesa, entre cascas e restos de ovos. — Apenas mantenha os olhos nela, não durma! Você vai relaxar e se sentir tranquilo, mas ainda não vai dormir, não até eu dizer "durma". Isso. Agora você está se sentindo tranquilo e confortável… — Com a sensação de estar encenando, ela prosseguiu com a fala de hipnotizadora. Quase imediatamente, ele ficou inconsciente. Ela não podia acreditar naquilo e o colocou à prova. — Você não consegue levantar a mão esquerda — ela disse —, está tentando, mas é muito pesada, não se mexe… Agora está leve outra vez e é possível levantá-la. Aí… bom. Em um minuto você vai adormecer. Terá alguns sonhos, mas serão apenas sonhos comuns, que todo mundo tem, não sonhos especiais, não… efetivos. Todos, exceto um. Você terá um sonho efetivo… Nele… — Ela parou. De repente, estava com medo; foi tomada por uma sensação de frio. O que ela estava fazendo? Aquilo não era brincadeira, não era um jogo, nada em que uma tola pudesse se intrometer. Ele estava em poder dela: e o poder dele era incalculável. Que responsabilidade inimaginável ela assumira?

Uma pessoa que acredita, como ela, que as coisas se encaixam, que há um todo do qual se é uma parte, e que, ao ser parte, se está inteiro; essa pessoa não tem o desejo de, em um momento qualquer, brincar de Deus. Só quem nega o próprio ser anseia por brincar de Deus.

Mas ela estava naquele papel e agora não podia voltar atrás.

— Nesse sonho, você vai sonhar que... que o dr. Haber é benevolente, que ele não está tentando lhe fazer mal e que será honesto com você. — Ela não sabia o que dizer, como dizer, sabendo que qualquer coisa que falasse poderia dar errado. — E você vai sonhar que os alienígenas não estão mais lá na Lua — acrescentou depressa; em todo caso, ela poderia tirar esse peso dos ombros dele. — E de manhã vai acordar bem descansado, tudo ficará bem. Agora: durma.

Ai, merda, ela esquecera de dizer a ele para se deitar antes.

Ele caiu como um travesseiro meio cheio, suavemente, para a frente e para o lado, até virar um grande amontoado, quente e inerte, no chão.

George não devia pesar mais de setenta quilos, mas parecia um elefante morto, por toda a ajuda que deu a ela quando o colocou na cama. Heather teve que colocar primeiro as pernas e depois erguer os ombros, para não virar a cama; e ele acabou sobre o saco de dormir, óbvio, não dentro dele. Ela puxou o saco de dormir de baixo dele, quase virando a cama outra vez, e o estendeu sobre George. Ele dormiu, dormiu completamente, esse tempo todo. Ela estava sem fôlego, suando e triste. Ele não.

Ela se sentou à mesa e recuperou o fôlego. Depois de algum tempo, se perguntou o que fazer. Limpou os restos do jantar, esquentou a água, lavou as formas de estanho, garfos, facas e xícaras. Aumentou o fogo no aquecedor. Encontrou vários livros em uma prateleira, livros de bolso que George provavelmente pegara em Lincoln City para entreter sua longa vigília. Nada de mistério, droga, um bom mistério era o que ela precisava. Um deles era um romance sobre a Rússia. Uma história sobre o Pacto Espacial. O governo dos EUA não estava tentando simular que não havia nada entre Jerusalém e as Filipinas, porque se o fizesse, isso ameaçaria o *american way of life*; assim, nos últimos anos, podia-se comprar outra vez guarda-sóis japoneses de papel em miniatura, incenso indiano, romances russos e tal. A fraternidade humana era o novo estilo de vida, de acordo com o presidente Merdle.

Esse livro, escrito por alguém cujo nome terminava em "evsky", falava sobre a vida durante a Era da Peste em uma aldeia no Cáucaso, e não era exatamente uma leitura alegre, mas a pegou pela emoção; Heather leu das 22h até as 2h30. Todo esse tempo Orr jazia adormecido, mal se mexendo, respirando de leve e em silêncio. Ela ergueu os olhos da aldeia caucasiana e olhou o rosto dele, dourado e sombreado sob a luz fraca, serena. Se ele sonhava, eram sonhos tranquilos e efêmeros. Depois que todos na aldeia caucasiana estavam mortos, exceto o idiota da aldeia (cuja perfeita passividade diante do inevitável a fazia pensar em sua companhia), ela experimentou o café requentado, mas tinha gosto de soda cáustica. Foi até a porta e ficou em pé, metade dentro e metade fora, por algum tempo, ouvindo o riacho gritar e entoar seu louvor eterno! Louvor eterno! Era inacreditável que aquele tremendo barulho se mantivesse por centenas de anos, desde antes de ela nascer, e continuasse até que as montanhas se movessem. E o mais estranho nisso era que agora, muito tarde da noite, no silêncio absoluto da floresta, houvesse nele um tom distante, muito distante, riacho acima, como vozes de crianças cantando... muito doce, muito estranho.

Ela estava tremendo; fechou a porta para as vozes das crianças não nascidas que cantavam na água e voltou para a salinha aquecida e o homem adormecido. Pegou um livro sobre carpintaria doméstica que ele evidentemente havia comprado para se manter ocupado com a cabana, mas que a deixou sonolenta no mesmo instante. Bem, por que não dormir? Por que ela tinha que ficar acordada? Mas onde ela poderia dormir...?

Deveria ter deixado George no chão. Ele nunca teria percebido. Não era justo, ele ficara tanto com a cama como com o saco de dormir.

Ela tirou dele o saco de dormir, substituindo-o pelo casaco de chuva dele e pela capa de chuva dela. George nem se mexeu. Heather olhou para ele com afeto, em seguida entrou no saco de dormir no chão. Meu Deus, fazia frio ali embaixo no chão duro. Ela não tinha soprado a chama. Ou se dizia "apagar" para as lâmpadas a gás? Devia-se usar um e não se devia usar o outro. Ela lembrava disso da época da comunidade. Mas não conseguia se lembrar qual era o certo. Aaaaaiii, MERDA, que frio fazia ali!

Frio frio. Difícil. Brilhante. Brilhante demais. Nascer do sol na janela, entre o balanço e os tremores das árvores. Na cama. O chão tremeu. As colinas murmuravam e sonhavam em cair no mar, e acima das colinas, indistintas e terríveis, as sirenes de cidades distantes uivavam, uivavam, uivavam.

Heather se sentou. Os lobos uivavam pelo fim do mundo.

O sol nascente entrou pela única janela, escondendo tudo que estava sob seu ângulo ofuscante. No excesso de luz, ela tateou e encontrou o sonhador esparramado, de bruços, ainda dormindo.

— George! Acorde! Ah, George, por favor, acorde! Tem alguma coisa errada!

Ele acordou. Sorriu para ela, despertando.

— Tem alguma coisa *errada*... as sirenes... o que é isso?

Quase sem ter saído do sonho ainda, ele falou, sem emoção:

— Eles aterrissaram.

Pois ele fez exatamente o que ela lhe dissera para fazer. Ela lhe dissera para sonhar que os alienígenas não estavam mais na Lua.

Céu e terra não são compassivos.

LAO TSE: V

Durante a Segunda Guerra Mundial, a única parte do continente americano a sofrer ataque direto foi o estado do Oregon. Alguns balões de fogo japoneses incendiaram um trecho de floresta na costa. Durante a Primeira Guerra Interestelar, a única parte do continente americano a ser invadida foi o estado do Oregon. Pode-se colocar a culpa em seus políticos; a função histórica de um senador do Oregon é levar todos os outros senadores à loucura e nenhum recurso militar jamais é colocado na conta do estado. O Oregon não tinha nada em estoque, exceto feno; não tinha plataformas de lançamento de mísseis, não possuía bases da NASA. Obviamente estava indefeso. Os mísseis balísticos antialienígenas que o defendiam eram lançados das enormes instalações subterrâneas de Walla Walla, Washington, e de Round Valley, Califórnia. Saindo de Idaho, imensos supersónicos XXTT 9900 – a maioria propriedade da Força Aérea dos EUA – esbravejavam rumo ao Oeste, perfurando todos os tímpanos de Boise a Sun Valley, para patrulhar qualquer nave alienígena que pudesse, de alguma forma, escapulir da rede infalível de mísseis antiaéreos.

Repelidos pelas naves alienígenas, que podiam, por meio de um dispositivo, assumir o controle dos sistemas de orientação de mísseis, os MBAAS retornavam em algum lugar no meio na estratosfera, aterrissando e explodindo aqui e ali sobre o estado do Oregon. Holocaustos assolavam as encostas secas do Leste das Cascatas. Gold Beach e The Dalles foram dizimadas por tempestades de fogo. Portland não foi diretamente atingida, mas uma ogiva nuclear MBAA desgovernada que atingiu o monte Hood perto da velha cratera fez com que o vulcão inativo entrasse em atividade. Vapor e tremores de terra se seguiram imediatamente e, às 12h do primeiro dia da Invasão Alienígena, o Dia da Mentira, uma fenda se abriu no lado noroeste e entrou em erupção violenta. O rio de lava deixou as encostas sem neve, desmatou alguns de seus trechos e ameaçava as comunidades de Zigzag e Rhododendron. Um cone de cinzas começou a se formar e o ar de Portland, a sessenta quilômetros de distância, logo ficou mais espesso e escuro com as cinzas. Quando anoiteceu, o vento mudou para o Sul, a parte mais baixa da atmosfera clareou um pouco, revelando a centelha laranja-escuro da erupção das nuvens ao leste. O céu, tomado por chuva e cinzas, trovejava devido às revoadas de XXTT 9900s, que procuravam em vão as naves alienígenas. Outras revoadas de bombardeiros e aviões de caça ainda estavam chegando da Costa Leste e de nações do Pacto, mas estes quase sempre derrubavam uns aos outros. O chão tremia com o terremoto e o impacto de bombas e acidentes de avião. Uma das naves alienígenas pousara a apenas doze quilômetros dos limites da cidade e, por isso, a periferia sudoeste foi pulverizada quando os bombardeiros a jato devastaram metodicamente a área de onze quilômetros quadrados em que se disse que a nave alienígena esteve. Na verdade, havia chegado a informação de que ela não estava mais ali. Mas algo precisava ser feito. Bombas caíram por engano em muitas outras partes da cidade, como acontece com bombardeiros a jato.

Não restava vidro em nenhuma janela do centro da cidade. Em vez disso, o vidro cobria todas ruas centrais, em pequenos fragmentos de alguns centímetros de espessura. Refugiados do sudoeste de Portland tiveram de atravessar sobre eles; mulheres levavam as crianças no colo e caminhavam, chorando, em sapatos de solado fino cheios de vidro quebrado.

William Haber parou diante da grande janela de seu escritório no Instituto Onirológico do Oregon observando os incêndios se alastrarem e diminuírem nas docas, e os malditos lampejos da erupção. Ainda havia vidro naquela janela; até agora nada pousara ou explodira perto de Washington Park, e os tremores de terra que abriam fendas em edifícios inteiros ao longo do rio até agora não tinham feito nada pior nas colinas além de chocalhar os batentes das janelas. Ele podia ouvir muito vagamente os elefantes gritando no zoológico. Raios de uma luz arroxeada pouco comum apareciam de vez em quando ao norte, possivelmente sobre a área onde o Willamette se junta ao Columbia; era difícil localizar qualquer coisa com certeza no crepúsculo coberto de cinza e névoa. Diversos setores da cidade estavam na escuridão por falta de energia; outras partes brilhavam de forma tênue, embora as luzes das ruas não estivessem acesas.

Não havia mais ninguém no prédio do Instituto.

Haber passara o dia todo tentando localizar George Orr. Quando sua busca se mostrou vã, e novas buscas se tornaram impossíveis pela histeria e a crescente dilapidação da cidade, ele foi até o Instituto. Teve que andar grande parte do caminho e achou a experiência enervante. Um homem da sua posição, com tantos assuntos para resolver, obviamente dirigia um carro elétrico. Mas a bateria descarregou e ele não conseguiu chegar a um carregador porque a multidão na rua era densa. Precisou sair e andar contra a corrente da multidão, enfrentando a todos, bem no meio deles. Aquilo foi angustiante. Ele não gostava de multidões. Mas depois as multidões desapareceram e ele ficou caminhando sozinho na amplidão do gramado, do bosque e da floresta do parque; e isso foi muito pior.

Haber se considerava um lobo solitário. Nunca quis casamento nem amizades íntimas, escolheu uma pesquisa extenuante realizada no momento em que as outras pessoas dormem, evitou envolvimentos. Mantinha sua vida sexual quase totalmente resumida a aventuras de uma noite só, semiprofissionais, às vezes com mulheres e às vezes com homens jovens; sabia a quais bares, cinemas e saunas ir para encontrar o que procurava. Conseguia o que queria e ficava livre outra vez, antes que ele ou a outra pessoa desenvolvessem algum tipo de necessidade um pelo outro. Ele valorizava sua independência, seu livre arbítrio.

Mas achou terrível estar sozinho, completamente sozinho, no enorme parque inerte, andando apressado, quase correndo, em direção ao Instituto, porque não tinha outro lugar para onde ir. Chegou e tudo estava silencioso, tudo deserto.

A srta. Crouch mantinha um radinho na gaveta da escrivaninha. Ele o pegou e manteve o volume baixo para poder ouvir as últimas notícias ou, em todo caso, uma voz humana.

Tudo o que ele precisava estava ali: camas, dezenas delas, comida, as máquinas de sanduíches e refrigerantes para os trabalhadores que passavam a noite toda no laboratório do sono. Mas Haber não estava com fome. Em vez disso, sentia uma espécie de apatia. Ele ouvia o rádio, mas o rádio não queria ouvi-lo. Estava completamente sozinho e nada parecia real na solidão. Precisava de alguém, qualquer pessoa, para conversar; precisava dizer o que sentia para saber que sentia algo. Aquele pavor de estar sozinho era forte o suficiente para quase tirá-lo do Instituto e levá-lo de volta para a multidão, mas a apatia era ainda mais forte do que o medo. Não fez nada, e a noite caiu.

Sobre o monte Hood, o brilho avermelhado às vezes se espalhava muito e depois se eclipsava de novo. No sudoeste da cidade, alguma coisa explodiu fora do campo de visão de seu escritório; logo as nuvens foram iluminadas por um brilho vívido que vinha de baixo e parecia subir daquela direção. Haber se dirigiu ao corredor para ver o que podia ser visto e carregou o rádio consigo. Pessoas estavam subindo as escadas, ele não as ouviu. Por um instante, apenas ficou olhando para elas.

— Dr. Haber — uma delas cumprimentou. Era Orr.

— Já não era sem tempo — disse Haber, em tom amargo. — Onde raios você esteve o dia todo? Vamos!

Orr subiu mancando; o lado esquerdo do rosto estava inchado e sangrando, seu lábio estava cortado e ele perdera metade de um dente da frente. A mulher que o acompanhava parecia menos machucada, porém mais exausta: olhos vidrados, joelhos cedendo. Orr a fez sentar no divã do escritório. Haber disse em voz alta, com autoridade médica:

— Ela sofreu um golpe na cabeça?

— Não. Está sendo um dia longo.

— Eu estou bem — a mulher resmungou, tremendo um pouco. Orr foi rápido e solícito, tirando os sapatos dela, repulsivamente enlameados, e cobrindo-a com a manta de pelo de camelo aos pés do divã. Haber se perguntou quem era a mulher, mas foi um pensamento breve. Estava começando a agir outra vez.

— Deixe-a descansar aí, ela vai ficar bem. Venha aqui, se limpe. Passei o dia todo procurando por você. Onde estava?

— Tentando voltar para a cidade. Nós nos deparamos com algum tipo de bombardeio padrão, eles explodiram a estrada logo à frente do carro. O carro repicou muito. Capotou, eu acho. Heather estava atrás de mim e parou a tempo, então ficou tudo bem com o carro dela e viemos para cá nele. Mas nós tivemos que cortar pela Sunset Highway porque a 99 estava toda destruída, e depois tivemos que abandonar o carro em uma barreira perto do santuário de pássaros. Então entramos pelo parque.

— De onde você está vindo? — Haber despejou água quente na pia de seu banheiro pessoal e agora dava a Orr uma toalha fumegante para ele colocar em seu rosto ensanguentado.

— Cabana. Nas cadeias montanhosas.

— O que há de errado com a sua perna?

— Machuquei quando o carro virou, acho. Ouça, eles ainda estão na cidade?

— Se o exército sabe, não está informando. Tudo o que dizem é que quando as grandes naves pousaram esta manhã, elas se dividiram em pequenas unidades móveis, algo como helicópteros, e se espalharam. Estão em toda a metade oeste do estado. Os relatos são de que têm deslocamento lento, mas não informaram se estão atirando para derrubá-las.

— Vimos uma. — O rosto de Orr emergiu da toalha, marcado com hematomas roxos, mas menos impressionantes agora que o sangue e a lama haviam sido removidos. — Deve ter sido isso. Uma coisinha prateada, a cerca de dez metros do solo, sobre um pasto perto de North Plains. Parecia avançar aos saltos. Não parecia terrestre. Os alienígenas estão lutando contra nós? Estão derrubando aviões a tiro?

— O rádio não diz. Nenhuma perda é relatada, exceto de civis. Agora vamos lá, vamos pegar um pouco de café e comida para você. E depois, por Deus, faremos uma sessão de terapia no meio do inferno, e colocaremos um fim nessa bagunça estúpida que você fez. — Ele preparou uma dose de tiopentato de sódio, tomou o braço de Orr e deu-lhe a injeção sem aviso ou pedido de desculpas.

— Foi por isso que vim para cá. Mas não sei se...

— Se você pode fazer isso? Pode. Venha! — Orr estava rondando a mulher outra vez. — Ela está bem. Está dormindo, não a incomode, é o que ela precisa. Venha! — Ele levou Orr até as máquinas de comida, pegou um sanduíche de carne assada, um sanduíche de ovo e tomate, duas maçãs, quatro barras de chocolate e dois copos de café. Eles se sentaram em uma mesa no Laboratório do Sono 1, colocando de lado um jogo de paciência que fora abandonado ao amanhecer, quando as sirenes começaram a uivar. — Ok. Coma. Agora, caso você pense que arrumar essa bagunça está além da sua capacidade, esqueça. Tenho trabalhado no Ampliador e ele pode fazer isso por você. Tenho o modelo, o padrão de suas emissões cerebrais durante o sonho efetivo. Meu erro durante o mês todo foi procurar por uma atividade, uma Onda Ômega. Não existe uma. É apenas um padrão formado pela combinação de outras ondas e, ao longo destes últimos dois dias, antes desse inferno todo, enfim entendi isso. O ciclo tem 97 segundos. Isso não significa nada para você, mesmo que seja seu maldito cérebro que está fazendo isso. Vamos colocar deste modo: quando você está tendo um sonho efetivo, todo o seu cérebro está envolvido em um padrão sincronizado e complexo de emissões que leva 97 segundos para se completar e começar de novo. Uma espécie de efeito em contraponto que está para a representação gráfica do estado D normal como a Grande Fuga, de Beethoven, está para "Maria tinha um carneirinho". É um padrão incrivelmente complexo, e ainda assim consistente e recorrente. Portanto, posso transmiti-lo a você, de forma direta e ampliada. O Ampliador foi todo preparado, está pronto para você, e finalmente vai se ajustar ao interior da sua cabeça! Desta vez, quando você sonhar, vai sonhar alto, menino. Alto o suficiente para pôr fim a essa invasão maluca e nos colocar em outro continuum, no qual poderemos começar de novo. É isso que você faz, sabe? Você não altera as coisas, ou as vidas, você muda todo o continuum.

— É bom poder falar sobre isso com você — foi o que Orr disse, ou algo parecido; ele comera os sanduíches incrivelmente rápido, apesar do corte na boca e do dente quebrado, e agora estava engolindo uma barra de chocolate. Havia ironia, ou algo assim, no que ele falou, mas Haber estava ocupado demais para se incomodar com isso.

— Ouça. Essa invasão simplesmente aconteceu ou aconteceu porque você perdeu uma consulta?

— Eu a sonhei.

— Você se permitiu ter um sonho efetivo e descontrolado? — Haber deixou a raiva intensa se manifestar em sua voz. Ele tinha sido muito protetor, muito tranquilo com Orr. A irresponsabilidade de Orr foi a causa da morte de muitas pessoas inocentes, dos destroços e do pânico desenfreado na cidade; ele devia enfrentar o que fizera.

— Não foi... — Orr estava começando a falar quando aconteceu uma explosão enorme. O prédio estremeceu, ressoou, estalou, os aparatos eletrônicos saltaram de um lado para outro entre a fileira de camas vazias e o café dos copos entornou. — Isso foi o vulcão ou a Força Aérea? — Orr perguntou, em meio à consternação natural que a explosão provocou em Haber. O médico notou que Orr não parecia nada consternado. Suas reações eram completamente anormais. Na sexta-feira, ele estivera destroçado por causa de uma mera questão ética; agora, na quarta-feira, no meio do armagedom, ele estava frio e calmo. Parecia não ter nenhum medo pessoal. Mas devia ter. Se Haber estava com medo, era óbvio que Orr devia estar. Ele estava suprimindo o medo. Ou ele imaginava, se perguntou Haber, que como ele tinha sonhado com a invasão, era tudo apenas um sonho?

E se *fosse*?

De quem?

— É melhor voltarmos lá para cima — disse Haber, se levantando. Sentia-se cada vez mais impaciente e irritável; a agitação estava ficando muito grande. — Quem é a mulher com você, afinal?

— É a srta. Lelache — Orr respondeu, olhando para ele de forma estranha. — A advogada. Ela esteve aqui sexta-feira.

— O que aconteceu para ela estar com você?

— Ela estava me procurando, veio até a cabana atrás de mim.

— Você pode explicar tudo isso mais tarde — disse Haber. Não havia tempo a perder com essas trivialidades. Eles precisavam sair daquele mundo que estava pegando fogo, explodindo.

Assim que entraram no escritório de Haber, o vidro da ampla janela dupla estilhaçou com um som estridente, sibilante, e uma forte sucção do ar; os dois homens foram impulsionados em direção à janela como se fosse o bocal de um aspirador de pó. Depois, tudo ficou branco: tudo. Ambos caíram.

Nenhum dos dois estava ciente de nenhum ruído.

Quando conseguiu enxergar novamente, Haber se levantou com dificuldade, se apoiando em sua mesa. Orr já estava no divã, tentando tranquilizar a mulher desnorteada. Estava frio no escritório: o ar da primavera tinha uma umidade fria, que se infiltrava pelas janelas vazias, e cheirava a fumaça, isolantes elétricos queimados, ozônio, enxofre e morte.

— Temos de ir para o subsolo, não acha? — a srta. Lelache disse em um tom razoável, embora tremesse muito.

— Vá na frente — falou Haber. — Precisamos ficar aqui por um tempo.

— Ficar aqui?

— O Ampliador está aqui. Não pode ser ligado e desligado como uma TV portátil! Siga para o subsolo, nos juntaremos a você quando pudermos.

— O senhor vai fazê-lo dormir *agora*? — a mulher questionou, quando, colina abaixo, as árvores explodiram em bolas de fogo amarelas e brilhantes. A erupção do monte Hood ficou bastante encoberta por eventos mais próximos; a terra, no entanto, trepidava suavemente havia alguns minutos, uma espécie de paralisia que fazia mãos e mente reagirem com tremores.

— Pode ter a maldita certeza de farei. Vá. Desça para o subsolo, preciso do divã. Deite-se, George... E você, escute: no subsolo, passando o quarto do zelador, você vai ver uma porta marcada como GERADOR DE EMERGÊNCIA. Entre lá, encontre a alavanca LIGAR. Coloque sua mão nela e, se as luzes apagarem, ligue-o. Vai exigir uma pressão forte na alavanca para cima. Vá!

Ela foi. Ainda estava tremendo e sorrindo; ao sair, segurou a mão de Orr por um segundo e falou:

— Bons sonhos, George.

— Não se preocupe — disse Orr —, está tudo bem.

— Calem a boca — Haber repreendeu-os. Ele tinha iniciado a fita de hipnose que ele mesmo gravara, mas Orr nem mesmo prestava atenção, e o barulho de explosões e coisas queimando dificultava a escuta. — Feche os olhos! — Haber ordenou, colocou a mão na garganta de Orr e aumentou o volume. — RELAXE — disse sua própria voz, estrondosa. — "VOCÊ SE SENTE CONFORTÁVEL E RELAXADO. VOCÊ ENTRARÁ NO..." — O prédio estremeceu como um cordeirinho e parou, inclinado. Algo surgiu na luz opaca, de um vermelho encardido, do lado de fora da janela sem vidro: um objeto grande e ovoide, se movendo numa espécie de salto no ar. Veio diretamente à janela. — Temos que sair! — Haber gritou com sua própria voz e, então, percebeu que Orr já estava hipnotizado. Ele desligou a fita com um movimento brusco e se inclinou para poder falar ao ouvido de Orr. — Pare a invasão! — ele gritou. — Paz, paz, sonhe que estamos em paz *com todo mundo!* Agora durma! Antuérpia! — E ligou o Ampliador.

Mas não teve tempo de olhar para o EEG de Orr. A forma ovoide pairava bem do lado de fora da janela. Seu nariz pontudo, iluminado pelos reflexos da cidade em chamas, apontou para Haber. Ele se encolheu ao lado do divã, se sentindo terrivelmente fraco e exposto, tentando proteger o Ampliador com sua carne, inadequada para isso, estendendo os braços sobre a máquina. Esticou o pescoço por cima do ombro para olhar a nave alienígena, que se aproximava. O nariz da nave, parecendo aço coberto de óleo, prateado com listras e brilhos violeta, preenchia a janela inteira. Ouviu-se um som estridente, de algo sendo destruído, quando a nave se comprimiu contra o batente da janela. Haber chorava alto, aterrorizado, mas ficou ali estirado entre a nave alienígena e o Ampliador.

O nariz da nave, imóvel, emitiu um longo e fino tentáculo que se movia no ar de um lado para o outro, como se fizesse uma busca. Empinando-se como uma cobra, a extremidade do tentáculo apontou aleatoriamente até se fixar na direção de Haber. Pairou no ar a cerca de três metros dele, apontando-o por alguns segundos. Então, se retirou com um assovio e um estalo, como uma régua flexível de carpinteiro, um zumbido alto vinha da nave. O peitoril metálico da janela rangeu e entortou. O nariz da nave girou e caiu no chão. Do buraco aberto na parte de trás, surgiu algo.

Era, pensou Haber tomado de um terror sem emoção, uma tartaruga gigante. Então ele percebeu que a coisa estava envolta em uma espécie de traje que lhe dava um aspecto volumoso, esverdeado, blindado e inexpressivo, como uma tartaruga marinha gigante apoiada nas pernas traseiras.

A coisa ficou parada, praticamente imóvel, ao lado da mesa do médico. Bem devagar, ergueu seu braço esquerdo, apontando para Haber o bocal de um instrumento metálico.

Ele estava diante da morte.

Uma voz monótona e inexpressiva saiu da articulação do cotovelo.

— Não faça para outros o que não deseja que façam com você — disse.

Haber olhou fixo, com o coração batendo descompassado.

Enorme e pesado, o braço metálico se levantou de novo.

— Estamos tentando chegar de forma pacífica — o cotovelo disse, tudo em uma nota só. — Por favor, informe aos outros que esta é uma chegada pacífica. Não temos nenhuma arma.

Uma grande autodestruição se segue ao medo infundado. Por favor, parem a destruição de si mesmos e dos outros. Não temos nenhuma arma. Somos uma espécie não agressiva e não bélica.

— Eu... eu... eu... não posso controlar a Força Aérea — Haber gaguejou.

— Pessoas em veículos voadores estão sendo contatadas neste momento — a articulação do cotovelo da criatura disse. — Seria esta uma instalação militar.

A ordem das palavras mostrou que era uma pergunta.

— Não — Haber respondeu. — Não, nada do tipo...

— Então, por favor desculpe a invasão injustificada. — A enorme figura blindada girou emitindo um zumbido e pareceu hesitar. — O que é dispositivo? — perguntou, apontando com o cotovelo direito o maquinário conectado à cabeça do homem adormecido.

— Um eletroencefalógrafo, uma máquina que registra atividade elétrica do cérebro...

— Respeitável — disse o alienígena, e deu um pequeno passo em direção ao divã, como se quisesse olhar. — A pessoa-individual está *iahklu'*. A máquina de registrar registra isso talvez. Todos de sua espécie são capazes de *iahklu'*?

— Não conheço o termo, você pode descrever...?

A figura girou um pouco emitindo um zumbido, ergueu o cotovelo esquerdo acima da cabeça (que, como a de uma tartaruga, dificilmente se projetava acima dos grandes ombros sob a carapaça), e disse:

— Por favor, desculpe. Incomunicável pela máquina de comunicação inventada às pressas no passado muito recente. Por favor, desculpe. É necessário irmos todos depressa no futuro-muito-próximo até outras pessoas-individuais responsáveis que entraram em pânico e são capazes de destruir a si mesmas e aos outros. Muito obrigado. — E a coisa rastejou de volta para o nariz da nave.

Haber observou as grandes solas redondas dos pés desaparecerem na cavidade escura.

O cone do nariz saltou do chão e, inteligentemente, girou sozinho no lugar: Haber teve a impressão vívida de que a coisa não estava agindo de forma mecânica, mas repetindo, temporariamente, suas ações anteriores em sentido inverso, como um filme rodado de trás para a frente. Fazendo estremecer o escritório e arrancando o resto do batente da janela com um ruído abominável, a nave alienígena se retirou e desapareceu na escuridão sinistra do lado de fora.

O crescendo de explosões, Haber percebia agora, cessara; na verdade, fazia bastante silêncio. Tudo tremia um pouco, mas isso poderia vir da montanha, não de bombas. Sirenes berravam, distantes e desconsoladas, do outro lado do rio.

George Orr repousava inerte no divã, respirava de modo irregular; os cortes e inchaço em seu rosto tinham uma aparência feia em sua pele pálida. Pela janela destroçada, viam-se as cinzas e a fumaça que ainda pairavam no ar gelado e sufocante. Nada fora alterado. Ele não tinha desfeito nada. Será que já fizera alguma coisa? Houve um leve movimento dos olhos sob as pálpebras fechadas; ele ainda estava sonhando; com o Ampliador anulando os impulsos de seu próprio cérebro, não podia fazer diferente. Por que ele não alterou os continuums, por que não os colocou em um mundo pacífico, como Haber havia lhe dito para fazer? A sugestão hipnótica não fora clara ou forte o suficiente. Eles deviam começar tudo de novo. Haber desligou o Ampliador e falou o nome de Orr três vezes.

— Não se sente, a conexão do Ampliador ainda está em você. O que você sonhou?

Orr falou com voz rouca e devagar, não completamente desperto.

— O... um alienígena estava aqui. Aqui. No escritório. Ele saiu do nariz de uma das naves saltitantes deles. Na janela. Você e ele estavam conversando.

— Mas isso não é um sonho! Isso aconteceu! Maldição, teremos que fazer de novo. Isso pode ter sido por causa de uma explosão atômica alguns minutos atrás, temos que entrar em outro continuum, todos nós já poderíamos estar mortos pela exposição à radiação...

— Oh, não desta vez — disse Orr, sentando-se e puxando os eletrodos como se fossem piolhos mortos. — Claro que aconteceu. Um sonho efetivo é uma realidade, dr. Haber.

Haber olhou para ele.

— Imagino que seu Ampliador aumentou a rapidez do sonho para você — disse Orr, ainda com extraordinária calma. Ele pareceu refletir por algum tempo. — Escute, não poderia ligar para Washington?

— Para quê?

— Bom, um cientista famoso bem aqui no meio de tudo isto poderia conseguir ser ouvido. Eles vão procurar explicações. Existe alguém no governo que você conheça, para quem possa telefonar? Talvez o ministro do Departamento de Educação, Saúde e Assistência Social? Você poderia dizer a ele que a coisa toda é um mal-entendido, os alienígenas não estão invadindo ou atacando. Simplesmente não perceberam, até pousarem, que os seres humanos dependem da comunicação verbal. Eles nem sabiam que pensávamos estar em guerra com eles... Se você pudesse dizer a alguém que possa chegar a ser ouvido pelo presidente... Quanto mais cedo Washington suspender a ação das forças armadas, menos pessoas serão mortas aqui. São apenas civis sendo mortos. Os alienígenas não estão machucando os soldados, eles nem estão armados, e eu tenho a impressão de que são indestrutíveis naqueles trajes. Mas se ninguém parar a Força Aérea, eles vão explodir toda a cidade. Tente, dr. Haber. Talvez ouçam você.

Haber sentiu que Orr estava certo. Não havia razão para isso, era a lógica da insanidade, mas lá estava ela: sua chance. Orr falou com a convicção incontestável de um sonho, em que não há livre arbítrio: faça isso, você deve fazer isso, isso deve ser feito.

Por que esse dom foi dado a um tolo, passivo, uma nulidade de homem? Por que Orr estava tão seguro e tão certo, enquanto o homem forte, ativo, confiante estava impotente, forçado a tentar usar, até mesmo a obedecer, aquela ferramenta fraca? Essas ideias passaram pela cabeça dele, não pela primeira vez, mas ainda que pensasse isso, estava indo até a mesa, até o telefone. Ele se sentou e fez uma ligação direta para a sede do DESAS em Washington. A chamada, gerenciada pelas mesas telefônicas de Utah, passou direto.

Enquanto aguardava para ser transferido para o ministro de Educação, Saúde e Assistência Social, que conhecia bastante bem, ele disse a Orr:

— Por que você não nos colocou em outro continuum onde essa bagunça simplesmente nunca aconteceu? Seria muito mais fácil. E ninguém estaria morto. Por que simplesmente não se livrou dos alienígenas?

— Eu não escolho — respondeu Orr. — Você não entendeu isso ainda? Eu sigo...

— Você segue minhas sugestões hipnóticas, sim, mas nunca por completo, nunca de forma direta e simples...

— Eu não quis dizer isso — falou Orr, mas a secretária pessoal de Rantow estava na linha agora. Enquanto Haber falava, Orr escapuliu, desceu, sem dúvida para cuidar da mulher. Estava tudo bem. Enquanto conversava com a secretária e depois com o próprio ministro, Haber começou a se sentir convencido de que as coisas, agora, ficariam bem, de que os alienígenas de fato eram totalmente não agressivos e de que ele seria capaz de fazer Rantow e, através dele, o presidente e seus generais, acreditarem nisso. Orr não era mais necessário. Haber entendeu o que deveria ser feito e conduziria seu país para fora daquela confusão.

Aquele que sonha com o festim acorda na lamentação.

CHUANG TSE: II

ERA A TERCEIRA SEMANA DE ABRIL. ORR tinha marcado, na semana anterior, de encontrar Heather Lelache no Dave's para o almoço de quinta-feira, mas assim que saiu do escritório, soube que não daria certo.

A esta altura, havia tantas memórias diferentes, tantas tramas de experiência de vida se acotovelando em sua cabeça, que ele quase não tentava se lembrar de nada. Aceitava os fatos. Vivia quase como uma criança pequena, apenas entre as realidades. Nada e tudo o surpreendia.

Seu escritório ficava no terceiro andar do Departamento de Planejamento Civil; seu cargo era mais imponente do que qualquer outro que já tivera antes: comandava a seção de Parques Suburbanos do Sudeste na Comissão de Urbanismo. Não gostava do trabalho e nunca gostara.

Sempre conseguira se manter como desenhista projetista, até o sonho da última segunda-feira que, ao manipular os governos estadual e federal para a conveniência de algum plano de

Haber, tinha reorganizado tão profundamente todo o sistema social que Orr acabara como um burocrata municipal. Ele nunca tivera um emprego, em nenhuma de suas vidas, que fosse o que ele gostava; ele sabia que sua melhor habilidade era o desenho, a compreensão de formas adequadas e compatíveis para as coisas, e esse talento não fora exigido em nenhuma de suas várias existências. Mas aquele emprego, que (agora) ele tinha há cinco anos e do qual desgostava, passava muito dos limites. Isso o preocupava.

Até esta semana havia uma continuidade essencial, uma coerência, entre todas as existências resultantes de seus sonhos. Sempre fora um desenhista projetista morando na Avenida Corbett. Mesmo na vida que terminou nos degraus de concreto de uma casa incendiada em uma cidade agonizante de um mundo arruinado, mesmo naquela vida, até que não houvesse mais empregos e não houvesse mais casas, essas continuidades se mantiveram. E, ao longo de todo os sonhos ou vidas subsequentes, permaneceram constantes. Ele melhorara um pouco o clima local, mas não muito, e o efeito estufa permanecera, um legado permanente de meados do século passado. A geografia se mantivera perfeitamente fixa: os continentes estavam onde estavam. O mesmo acontecera com as fronteiras nacionais, a natureza humana e assim por diante. Se Haber sugerira que ele sonhasse com uma raça humana mais nobre, ele não conseguira fazê-lo.

Mas Haber estava aprendendo a administrar melhor os sonhos de Orr. As duas últimas sessões haviam mudado radicalmente as coisas. Ele ainda tinha seu apartamento na Avenida Corbett, os mesmos três quartos, levemente perfumados pela maconha do síndico; mas trabalhava como burocrata em um imenso edifício no centro da cidade, e o centro da cidade fora transformado para além de qualquer identificação. Estava quase tão imponente e cheio de arranha-céus quanto era quando não havia colapso populacional, e ficara muito mais estável e bonito. As coisas eram gerenciadas de forma muito diferente agora.

Curiosamente, Albert M. Merdle ainda era presidente dos Estados Unidos. Ele, como as formas dos continentes, parecia ser imutável. Mas os Estados Unidos não eram a potência que tinham sido, tampouco qualquer outro país isolado.

Portland, agora, era sede do Centro Mundial de Planejamento, agência líder da Federação dos Povos, supranacional. Portland era, como diziam os cartões-postais, a Capital do Planeta. Sua população era de 2 milhões de pessoas. Todo o centro da cidade estava cheio de edifícios gigantes do CMP, nenhum tinha mais de doze anos, todos cuidadosamente planejados, cercados por parques verdes e shoppings arborizados. Milhares de pessoas, a maioria servidores da FED ou funcionários da CMP, lotavam esses shoppings; grupos de turistas de Ulã Bator e Santiago do Chile passavam em fila, com as cabeças inclinadas para trás, ouvindo aos guias em seus fones de ouvido. Era um espetáculo vivo e impressionante – edifícios grandes e bonitos, gramados bem cuidados, multidões bem vestidas. Para George Orr, parecia bastante futurista.

Ele não conseguiu encontrar o Dave's, é claro. Não conseguiu encontrar a Rua Ankeny. Lembrava-se tão nitidamente de tantas outras existências que, até chegar lá, se recusava a aceitar as certezas de sua memória atual, na qual não existia nenhuma Rua Ankeny. No local onde ela deveria estar, em meio a gramados e rododendros, o edifício da Coordenação de Desenvolvimento e Pesquisa disparava em direção às nuvens. Ele nem se deu ao trabalho de procurar o edifício Pendleton; a Rua Morrison continuava lá, uma ampla alameda com laranjeiras recentemente fincada no centro, mas não havia nenhum edifício no estilo neo-incaico ao longo dela, e nunca houvera.

Ele não conseguia lembrar exatamente o nome da firma de Heather; será que era Forman, Esserbeck e Rutti, ou era Forman, Esserbeck, Goodhue e Rutti? Encontrou uma cabine telefônica e pesquisou o número da empresa. Nada do tipo estava na lista, mas havia um P. Esserbeck, advogado. Telefonou para lá e perguntou, mas não, nenhuma srta. Lelache trabalhava lá. Por fim, ele juntou coragem e procurou pelo nome dela. Não havia Lelache na lista.

Ela ainda deve existir, mas tem um nome diferente, ele pensou. A mãe dela pode ter abandonado o sobrenome do marido depois que ele foi embora para a África. Ou ela pode ter mantido seu sobrenome de casada depois de ficar viúva. Mas ele não tinha a menor ideia de qual era o sobrenome do marido de Heather. Talvez nunca o tenha usado; muitas mulheres não mudavam mais seus nomes ao se casar, relegando o costume a uma relíquia da servidão feminina. Mas qual o benefício de tais especulações? Pode ser que não exista nenhuma Heather Lelache, que, desta vez, ela nunca tenha nascido.

Depois de encarar isso, Orr encarou outra possibilidade. Se ela passasse agora mesmo procurando por mim, ele pensou, eu a reconheceria?

Ela tinha a pele marrom. Um tom marrom bem definido, escuro, âmbar como o âmbar do Báltico ou como uma xícara de chá do Ceilão forte. Mas não passava por ali nenhuma pessoa de pele marrom. Nenhuma pessoa negra, nenhuma branca, nem amarela, nem vermelha. Elas vinham de todas as partes da Terra para trabalhar no Centro Mundial de Planejamento ou para vê-lo, vinham da Tailândia, Argentina, Gana, China, Irlanda, Tasmânia, Líbano, Etiópia, Vietnã, Honduras, Lichtenstein. Mas todas usavam as mesmas roupas, calças, túnica, capa de chuva; e por baixo das roupas eram todas da mesma cor. Elas eram cinza.

O dr. Haber ficou encantado quando isso aconteceu. Tinha sido no último sábado, sua primeira sessão em uma semana. Haber contemplou a si mesmo no espelho do banheiro por cinco minutos, rindo e admirando; olhou para Orr da mesma maneira.

— Desta vez, pelo menos, você fez a coisa de um jeito econômico, George! Céus, acredito que seu cérebro está começando a cooperar comigo! Você sabe o que eu sugeri que você sonhasse... hein?

Pois, ultimamente, Haber falava livre e abertamente com Orr sobre o que fazia e esperava fazer com os sonhos de Orr. Não que isso ajudasse muito.

Orr olhou para as próprias mãos cinza-pálido, com unhas curtas cinzentas.

— Suponho que você sugeriu que não houvesse mais problemas de cor. Nenhuma questão de raça.

— Exato. E é claro que estava imaginando uma solução política e ética. Em vez disso, seus processos primários de pensamento tomaram o atalho usual, que geralmente acabam se revelando um curto-circuito, mas desta vez eles foram à raiz. Fizeram uma alteração biológica e absoluta. Nunca houve um problema racial! Você e eu, George, somos os dois únicos homens na Terra que sabem que já houve um problema racial! Consegue imaginar isso? Ninguém nunca foi pária na Índia... ninguém jamais foi linchado no Alabama... ninguém foi massacrado em Joanesburgo! A guerra é um problema que já superamos e a raça é um problema que nunca tivemos! Ninguém, em toda a história da raça humana, sofreu pela cor da pele. Você está aprendendo, George! Sem querer, será o maior benfeitor que a humanidade já teve. Todo o tempo e a energia que os seres humanos perderam tentando encontrar soluções religiosas para o sofrimento, então você aparece e faz Buda e Cristo e o resto deles parecem com os faquires que eram. Eles tentaram fugir do mal, mas nós, nós o estamos desenraizando, nos livrando dele pouco a pouco!

Os cantos de triunfo de Haber deixavam Orr desconfortável, e ele não o escutava; em vez disso, buscou em sua memória e não encontrou nela nenhum discurso pronunciado em um campo de batalha em Gettysburg, nenhuma figura histórica chamada Martin Luther King. Mas tais questões pareciam um pequeno preço a pagar pela completa abolição retroativa do preconceito racial, e ele não disse nada.

Agora, nunca ter conhecido uma mulher de pele marrom, pele marrom e cabelos pretos crespos cortados tão curtos que o elegante contorno de seu crânio se revelasse como a curva de um vaso de bronze... não, isso estava errado. Isso era intolerável. Que toda alma na Terra tivesse um corpo da cor de um navio de guerra: não!

É por isso que ela não está aqui, ele pensou. Ela não poderia ter nascido cinza. Sua cor, sua cor marrom, era uma parte essencial dela, não um acidente. A raiva, a timidez, a audácia, a sua gentileza, eram todos elementos de seu ser miscigenado, sua natureza miscigenada, escura e clara ao mesmo tempo, como o âmbar do Báltico. Ela não poderia existir no mundo das pessoas cinzentas. Ela não tinha nascido.

Ele, no entanto, nascera. Poderia nascer em qualquer mundo. Não possuía personalidade. Era um pedaço de argila, um bloco de madeira não esculpida.

E o dr. Haber: ele tinha nascido. Nada poderia impedi-lo. Ele só ficava maior a cada reencarnação.

Durante a jornada daquele dia aterrorizante, da cabana até o ataque a Portland, quando eles percorreram, aos solavancos, uma estrada rural no sibilante carro a vapor da Hertz, Heather disse a Orr que tentara sugerir que ele sonhasse com um Haber aperfeiçoado, como haviam combinado. E, desde então, Haber ao menos fora franco com Orr sobre suas manipulações. Embora franco não fosse a palavra certa; Haber era uma pessoa complexa demais para a franqueza. Pode-se tirar camada após camada de uma cebola e, ainda assim, nada será revelado, a não ser mais cebola.

A retirada de uma camada foi a única alteração verdadeira nele, e poderia não se dever a um sonho efetivo, mas apenas à alteração das circunstâncias. Ele estava tão seguro de si agora que não precisava tentar esconder seus propósitos, ou ludibriar Orr; ele podia simplesmente coagi-lo. Orr tinha menos chances do que nunca de escapar dele. O Tratamento Terapêutico Voluntário agora era conhecido como Controle de Bem-Estar Individual, mas possuía os mesmos poderes legais, e nenhum advogado sonharia em apresentar as queixas de um paciente contra Haber. Ele era um homem importante, um homem extremamente importante. Era diretor do UHPD, o núcleo vital do Centro Mundial de Planejamento, o lugar onde as grandes decisões eram tomadas. Ele sempre quisera o poder de fazer o bem. Agora o tinha.

Sob essa perspectiva, ele permanecia completamente fiel ao homem cordial e distante que Orr conhecera no consultório sombrio da Willamette East Tower, sob o mural fotográfico do monte Hood. Não tinha mudado, tinha apenas crescido.

A característica da sede por poder é, precisamente, o crescimento. O êxito é sua anulação. Para existir, a sede por poder deve aumentar a cada realização, tornando essa realização apenas um passo em direção a outro. Quanto mais vasto o poder conquistado, maior o apetite por mais. Como não havia limite visível para o poder que Haber exercia através dos sonhos de Orr, não havia fim para sua determinação de melhorar o mundo.

Um alienígena de passagem deu um leve empurrão em Orr no meio da multidão da alameda Morrison e pediu desculpas, em tom inexpressivo, usando seu cotovelo esquerdo levantado. Os alienígenas aprenderam depressa a não apontar para as pessoas, percebendo que isso as consternava. Orr olhou para cima, surpreso; ele quase se esquecera dos alienígenas, desde a crise do Dia da Mentira.

Ele se lembrou agora que, no atual estado de coisas – ou continuum, como Haber insistia em chamar –, o pouso dos alienígenas fora menos desastroso para o Oregon, a NASA e a Força Aérea. Em vez de inventar computadores-tradutores às pressas, sob uma chuva de bombas e napalm, eles os trouxeram consigo da Lua, e tinham sobrevoado antes de pousar, transmitindo sua intenção de paz e desculpando-se pela Guerra no Espaço, dizendo que fora tudo um engano e pedindo instruções. Houve alarme, óbvio, mas não pânico. Fora quase comovente ouvir as vozes inexpressivas em todas as faixas de rádio e em todos os canais de TV, repetindo que a destruição do domo lunar e da estação orbital russa tinham sido consequências não intencionais de seus esforços ignorantes para fazer contato, e que eles tinham considerado os mísseis da Frota Espacial da Terra como nossos próprios esforços ignorantes para fazer contato, que estavam muito tristes e, agora que finalmente dominavam canais de comunicação humanos, como a fala, queriam tentar fazer as pazes.

O CMP, estabelecido em Portland desde o final da Era da Peste, tinha lidado com eles e mantido o povo e os generais calmos. Agora, enquanto pensava a respeito, Orr percebia que isso não acontecera no dia 1º de abril, algumas semanas atrás, mas em fevereiro – quatorze meses atrás. Os alienígenas tinham recebido permissão para pousar, foram estabelecidas relações satisfatórias com eles e, por fim, foram autorizados a deixar em seu local de pouso, meticulosamente vigiado, perto da montanha Steens, no deserto do Oregon, e a se misturarem com os seres humanos. Alguns deles agora participavam da reconstrução do Domo Lunar em paz com os cientistas da FED, e uns 2 milhões deles estavam na Terra. Eram todos deles que existiam ou, pelo menos, todos que vieram; muito poucos detalhes sobre eles foram liberados para o público em geral. Nativos de um planeta da estrela Aldebaran, cuja atmosfera era de metano, eles precisavam usar seus trajes esquisitos de tartaruga o tempo inteiro na Terra ou na Lua, mas não pareciam se importar. Na cabeça de Orr, não estava claro qual a aparência deles por baixo dos trajes de tartaruga. Eles não podiam sair e não desenhavam imagens. De fato, sua comunicação com seres humanos, limitada à emissão de fala pelo cotovelo esquerdo e algum tipo de receptor auditivo, era precária; ele não tinha certeza de que eles pudessem ver, de que tivessem algum órgão sensorial para o espectro visível. Havia vastas áreas sobre as quais nenhuma comunicação era possível: o problema do golfinho, só que muito mais difícil. No entanto, a ausência de agressividade deles foi aceita pela CMP e, como seu número era modesto e seus objetivos, evidentes, eles foram recebidos com certa ansiedade na sociedade terráquea. Era agradável ter alguém diferente para quem olhar. Eles pareciam ter a intenção de ficar, se tivessem permissão; alguns deles já haviam se estabelecido na administração de pequenos negócios, pois pareciam ser bons em vendas e organização, assim como em voos espaciais, sobre os quais tinham um conhecimento superior que compartilharam com os terrestres. Eles ainda não haviam deixado claro o que esperavam em troca e por que vieram para a Terra. Pareciam simplesmente gostar daqui. Enquanto continuavam se comportando como cidadãos da Terra esforçados, pacíficos e cumpridores da lei, rumores de um "golpe alienígena" e de "infiltração não humana" se tornaram próprios de políticos paranoicos de grupos nacionalistas dissidentes agonizantes e daquelas pessoas que tiveram conversas com *verdadeiros* tripulantes de discos voadores.

A única coisa que restava daquele terrível 1º de abril, na verdade, parecia ser o retorno do monte Hood à condição de vulcão ativo. Nenhuma bomba o atingira, pois não caíra nenhuma desta vez. Ele apenas acordara. Agora, uma extensa nuvem de fumaça marrom-acinzentada saía dele e ia para o norte. ZigZag e Rhododendron imitavam Pompeia e Herculano. Uma fumarola se abrira recentemente perto da pequena e antiga cratera no Parque do monte Tabor, dentro dos limites da cidade. As pessoas da região do monte Tabor estavam se mudando para as novas e prósperas localidades suburbanas de West Eastmont, Chestnut Hills Estates e Subdivisão de Sunny Slopes. Elas podiam conviver com o monte Hood soltando fumaça, brandamente, no horizonte, mas uma erupção na rua de cima era demais.

Orr comprou um prato insosso de peixe e batatas fritas com molho de amendoim africano em um restaurante-balcão lotado. Enquanto comia, pensava tristemente: "Bem, uma vez dei o bolo nela no Dave's e agora ela me deu o bolo".

Ele não conseguia enfrentar sua dor, seu luto. Dor de sonho. A perda de uma mulher que nunca existira. Tentou saborear a comida, observar as outras pessoas. Mas a comida não tinha gosto e as pessoas eram todas cinzentas.

Do lado de fora das portas de vidro do restaurante, a multidão engrossava: gente correndo em direção ao Palácio de Esportes de Portland, um enorme e luxuoso coliseu perto do rio, para uma tarde de atrações. As pessoas já não se sentavam em casa e assistiam à TV; a televisão da FED só operava duas horas por dia. O estilo de vida moderno era o encontro. Era quinta-feira, dia de luta corpo a corpo, a maior atração da semana, exceto pelo futebol americano de sábado à noite. Na verdade, mais atletas morriam nas lutas corpo a corpo, mas o esporte carecia dos aspectos dramáticos e catárticos do futebol, a pura carnificina em que 144 homens se envolviam de uma vez, o banho de sangue na arquibancada do estádio. A habilidade dos lutadores individuais era ótima, mas faltava a esplêndida liberação ab-reativa dos assassinatos em massa.

Chega de guerra, Orr disse para si mesmo, desistindo das últimas lascas de batata empapada. Ele saiu na multidão. Não vou...

guerra nunca mais... Houve uma música. Uma vez. Uma velha canção. Não vou... qual era o verbo? Não era lutar, não encaixava. Não vou... guerra nunca mais...

Ele deu de cara com uma Prisão por Civil. Um homem alto de rosto cinzento comprido e enrugado capturou um homem baixo de rosto cinzento, redondo e reluzente, agarrando-o pela parte da frente de sua túnica. A multidão esbarrava na dupla, algumas pessoas parando para assistir, outras seguindo em frente, em direção ao Palácio de Esportes.

— Esta é uma Prisão por Civil, transeuntes, por favor, prestem atenção! — o homem alto estava dizendo com uma voz de tenor, pungente e nervosa. — Este homem, Harvey T. Gonno, tem uma doença incurável, um câncer abdominal maligno, mas escondeu seu paradeiro das autoridades e continua a viver com sua esposa. Meu nome é Ernest Ringo Marin, do número 2.624.287 da Rua Eastwood, Subdivisão de Sunny Slopes, Grande Portland. Há dez testemunhas? — Uma das testemunhas ajudou a segurar o criminoso, que se debatia debilmente, enquanto Ernest Ringo Marin contava cabeças. Orr escapou, se enfiando em meio à multidão com a cabeça abaixada, antes que Marin administrasse a eutanásia com uma arma hipodérmica portada por todos cidadãos adultos que obtiveram seu Certificado de Responsabilidade Cívica. Ele mesmo usava uma. Era uma obrigação legal. A sua, no momento, não estava carregada; a carga fora removida quando ele se tornou paciente psiquiátrico sob CBE, mas eles deixaram a arma com ele de modo que seu lapso temporário de status não fosse uma humilhação pública para ele. Uma doença mental como aquela para a qual ele recebia tratamento, explicaram, não deveria ser confundida com um crime sujeito a pena, como um crime grave ou doença hereditária. Ele não deveria sentir que era, de algum modo, um perigo para a raça ou um cidadão de segunda classe, e sua arma seria recarregada assim que o dr. Haber o dispensasse como curado.

Um tumor, um tumor... A peste carcinogênica não tinha matado todos aqueles suscetíveis ao câncer, tanto durante o Colapso como na infância, deixando os sobreviventes livres do flagelo? Sim, em outro sonho. Não neste. O câncer evidentemente havia ressurgido, como o monte Tabor e o monte Hood.

Estudar. É isso aí. Não vou estudar a guerra nunca mais...[1]

Ele entrou no funicular na esquina da Fourth com a Alder; e voou sobre a cidade cinza-esverdeada até a Torre UHPD, que coroava as colinas a oeste, no local da antiga mansão Pittock, no alto do Washington Park.

A torre ignorava tudo – a cidade, os rios, os vales nebulosos a oeste, as grandes colinas escuras do Forest Park se estendendo para o norte. Sobre o pórtico sustentado por pilares, gravada em concreto branco, em letras romanas maiúsculas de linhas retas cujas proporções dão nobreza a qualquer frase, estava a inscrição: O BEM MAIOR PARA O MAIOR NÚMERO.

No interior, no imenso vestíbulo de mármore preto, inspirado no Panteão de Roma, havia uma inscrição menor destacada em dourado ao longo do tambor que sustentava a cúpula central: O ESTUDO APROPRIADO À HUMANIDADE É O HOMEM – A. POPE – 1688 – 1744.

A área ocupada do prédio, disseram a Orr, era maior do que a do Museu Britânico, e era cinco andares mais alto. Ele também era à prova de terremotos. Não era à prova de bombas, pois não existiam bombas. O que restara dos estoques nucleares após a Guerra Cislunar fora lançado e detonado em uma série de interessantes

---

1 *Ain't gonna study war no more*, refrão da música "Down by the Riverside" que data da Guerra Civil norte-americana e que também foi usada como música de protesto durante a Guerra do Vietnã. (N. da E.)

experimentos no Cinturão de Asteroides. Aquele edifício poderia resistir a qualquer coisa na Terra, exceto talvez ao monte Hood. Ou a um sonho aflitivo.

Ele pegou a esteira rolante para a Ala Oeste e a grande escada automática helicoidal para o andar de cima.

Haber ainda mantinha o divã de analista em seu escritório, uma espécie de recordação ostensivamente pobre de seu início como médico, quando ele lidava com as pessoas uma a uma, não aos milhões. Mas demorava um pouco para chegar ao divã, pois seu conjunto ocupava meio acre e incluía sete salas diferentes. Orr se anunciou à recepcionista automática na porta da sala de espera, depois passou pela srta. Crouch, que estava inserindo dados em seu computador, e pelo escritório oficial, uma sala imponente à qual só faltava um trono, onde o Diretor recebia embaixadores, delegações e vencedores do prêmio Nobel, até que enfim chegou ao escritório menor, onde havia uma janela do piso ao teto e o divã. Lá, os painéis de sequoia canadense em estilo antigo ocupando a parede inteira foram deslizados para trás, expondo um magnífico conjunto de máquinas de pesquisa: Haber estava enfiado quase até a metade nas entranhas do Ampliador.

— Alô, George! — ele rugiu, sem olhar em volta. — Só encaixando um novo ergismatch no hormocouple do Bebê. Meio minuto. Acho que vamos ter uma sessão sem hipnose hoje. Sente--se, vou levar um tempo nisso, tenho feito uns retoques de novo... Ouça. Lembra-se daquela bateria de testes que fizeram com você, na primeira vez em que esteve na Faculdade de Medicina? Inventários de personalidade, QI, Rorschach e assim por diante? Depois eu fiz o TAT e algumas situações de encontro simuladas, mais ou menos na sua terceira sessão aqui. Lembra? Já se perguntou como se saiu neles?

O rosto de Haber, cinza, emoldurado por cabelos e barba negros encaracolados, apareceu de repente acima do chassi do Ampliador. Enquanto olhava para Orr, seus olhos refletiam a luz da janela do tamanho da parede.

— Acho que sim — disse Orr; na verdade, ele nunca pensara nisso.

— Acredito que é hora de você saber que, dentro daquele quadro de referências, daqueles testes padronizados, mas extremamente sutis e úteis, você é tão são a ponto de ser uma anomalia. Claro, estou usando a palavra leiga "são", que não tem significado objetivo preciso; em termos quantificáveis, você é mediano. Sua pontuação para extroversão/introversão, por exemplo, foi de 49,1. Ou seja, você é mais introvertido do que extrovertido por 0,9. Isso não é incomum; o que é incomum é o surgimento do mesmo maldito padrão em todos os lugares, em todo o quadro. Se colocarmos todos no mesmo gráfico você se situa bem no meio, em 50. Dominância, por exemplo; acho que você teve 48,8, nem dominante nem submisso. Independência/dependência... mesma coisa. Criativo/destrutivo, na escala de Ramirez... mesma coisa. Os dois, nenhum dos dois. Ou... ou... Onde há um par de opostos, uma polaridade, você está no meio. Onde há uma escala, está no ponto de equilíbrio. Você se anula tão completamente que, em certo sentido, não sobra nada. Agora, o Walters, da Faculdade de Medicina, interpreta os resultados de maneira um pouco diferente; ele diz que sua falta de conquista social é resultado de seu ajuste holístico, seja lá o que for isso, e o que eu vejo como autoanulação é um estado peculiar de equilíbrio, de harmonia pessoal. A partir disso pode-se perceber que, vamos encarar, o velho Walters é uma fraude piedosa; ele nunca superou o misticismo dos anos 1970, mas é bem-intencionado. De qualquer forma: você é o cara no meio do gráfico. Cá estamos, agora vou ligar o glumdalclitch com o brobdingnag e estamos todos prontos... Inferno! — Ao levantar, ele bateu a cabeça em um painel. Deixou o Ampliador aberto. — Bem, você é esquisito, George, e a coisa mais esquisita é que não há nada de esquisito em você! — Ele deu sua gargalhada grande e tempestuosa. — Então, hoje tentaremos um novo curso. Sem hipnose. Sem dormir. Sem estado D e sem sonho. Hoje quero conectá-lo ao Ampliador em estado de vigília.

No coração de Orr, sem que ele soubesse por que, surgiu uma sensação de desencorajamento.

— Para quê? — perguntou.

— Principalmente para obter um registro dos ritmos normais de seu cérebro em vigília quando aumentados. Fiz uma análise completa da sua primeira sessão, mas isso foi antes de o Ampliador poder fazer qualquer coisa além de aceitar o ritmo que você emitia. Agora poderei usá-lo para estimular e rastrear mais claramente certas características individuais de sua atividade cerebral, particularmente aquele efeito de projétil direcionado que você tem no hipocampo. Depois, posso compará-los com seus padrões de estado D e com os padrões de outros cérebros, normais e anormais. Estou procurando o que te faz operar, George, para que eu possa encontrar o que faz seus sonhos operarem.

— Para quê? — Orr repetiu.

— Para quê? Bem, não é para isso que você está aqui?

— Vim aqui para ser curado. Para aprender a *não* ter sonhos efetivos.

— Se fosse uma cura simples, um-dois-três, será que você teria sido enviado para o Instituto, para a UHPD... para mim?

Orr colocou a cabeça entre as mãos e não falou nada.

— Não posso mostrar a você como parar, George, sem antes descobrir o que você está fazendo.

— Mas se você descobrir, vai me dizer como parar?

Haber se balançou sobre os calcanhares.

— Por que está com tanto medo de você mesmo, George?

— Não estou — disse Orr. Suas mãos estavam suadas. — Tenho medo de... — Mas estava com muito medo, na verdade, de dizer o pronome.

— De alterar as coisas, como você diz, ok. Eu sei. Temos passado por isso muitas vezes. *Por que*, George? Você precisa se fazer essa pergunta. O que há de errado em alterar as coisas? Agora eu me pergunto se essa sua personalidade centrada na auto-anulação o leva a olhar para as coisas de forma defensiva. Quero que tente se destacar de si mesmo e tente observar seu próprio ponto de vista de fora, objetivamente. Você tem medo de *perder o equilíbrio*. Mas a mudança não precisa desequilibrá-lo; afinal, a vida não é um objeto estático. É um processo. Não há como ficar parado. Racionalmente, você sabe disso, mas emocionalmente você se recusa. Nada permanece igual entre um instante e o seguinte, não se pode entrar no mesmo rio duas vezes. Vida... evolução... o universo inteiro do espaço/tempo, matéria/energia... a própria existência é, em essência, *mudança*.

— Esse é um aspecto dela — disse Orr. — O outro é a quietude.

— Quando as coisas não mudam mais, eis o fim da entropia, a morte do calor do universo. Quanto mais as coisas continuarem se movendo, se inter-relacionando, entrando em conflito, mudando, menos equilíbrio e mais vida. Eu sou a favor da vida, George. A vida em si é uma grande aposta contra as probabilidades, contra todas as probabilidades! Você não pode tentar viver em segurança, não existe segurança. Então, estique seu pescoço para fora da carapaça e viva *plenamente*! O importante não é como chegar lá, mas onde chegar. O que você tem medo de aceitar, aqui, é que estamos envolvidos em um experimento grandioso, você e eu. Estamos prestes a descobrir e controlar, para o bem de toda a humanidade, toda uma força nova, todo um novo campo de energia antientrópica, de força vital, de vontade de agir, de fazer, de mudar!

— Tudo isso é verdade. Mas existe...

— O que, George? — Ele estava paternal e paciente agora; e Orr forçou-se a continuar, sabendo que não valia a pena.

— Estamos no mundo, não contra ele. Não adianta tentar ficar de fora das coisas e dirigi-las dessa maneira. Simplesmente não funciona, vai contra a vida. Existe um caminho, mas é preciso segui-lo. O mundo é, não importa como pensamos que deveria ser. Temos de fazer parte dele. Deixá-lo ser.

Haber andou de um lado para o outro da sala, parando diante da enorme janela que emoldurava uma vista para o norte, para o sereno e cônico monte Santa Helena, que não entrava em erupção. Ele assentiu várias vezes.

— Compreendo — ele disse, de costas. — Compreendo totalmente. Mas deixe-me colocar desta forma, George, e talvez você compreenda o que estou procurando. Você está sozinho na selva, no Mato Grosso, e encontra uma mulher nativa deitada na trilha, morrendo por picada de cobra. Você tem soro no seu kit, muito, o suficiente para curar milhares de picadas de cobra. Você se detém porque "é assim mesmo"? Deixa "as coisas como elas são"?

— Depende — respondeu Orr.

— Depende de *quê*?

— Bem... eu não sei. Se a reencarnação existir, posso estar impedindo que ela tenha uma vida melhor e condenando-a a uma vida miserável. Talvez eu a cure e ela vá para casa e assassine seis pessoas da aldeia. Sei que você daria o soro a ela, porque você o tem, e lamenta por ela. Mas você não sabe se o que está fazendo é bom ou ruim ou as duas coisas...

— Ok! Concordo! Sei o que o soro de picada de cobra faz, mas não sei o que *eu* estou fazendo, ok, aceito isso nesses termos, de bom grado. E diga, qual é a diferença? Admito que não sei,

85% do tempo, o que raios estou fazendo com esse seu cérebro maluco, e você também não, mas nós estamos fazendo isso, então podemos continuar? — Seu vigor viril e cordial era opressivo. Ele riu e Orr encontrou um sorriso fraco em seus lábios.

Enquanto os eletrodos eram aplicados, no entanto, ele fez um último esforço para se comunicar com Haber.

— Vi uma Prisão por Civil para eutanásia no caminho para cá — ele contou.

— Pelo quê?

— Eugenia. Câncer.

Haber assentiu, alerta.

— Não é de admirar que esteja deprimido. Você ainda não aceitou plenamente o uso de violência controlada para o bem da comunidade; talvez nunca seja capaz de aceitar. Este mundo em que estamos é inflexível, George. Um mundo realista. Mas como eu disse, a vida não pode ser segura. Esta sociedade é inflexível e fica mais inflexível a cada ano: o futuro justificará isso. Nós precisamos de saúde. Simplesmente não há espaço para os incuráveis, os que têm defeitos genéticos que degradam a espécie; não temos tempo para sofrimento desperdiçado e inútil. — Ele falava com um entusiasmo que soou mais vazio do que o habitual. Orr imaginou o quanto, na verdade, Haber gostava daquele mundo que ele tinha indubitavelmente feito. — Agora é só ficar sentado assim, não quero que durma por força do hábito. Ok, ótimo. Você pode ficar entediado. Quero que apenas fique sentado por um tempo. Mantenha os olhos abertos, pense sobre o que quiser. Vou ficar mexendo nas entranhas do Bebê aqui. Agora, lá vamos nós: bingo. — No painel da parede, ele empurrou o botão branco, LIGAR, para a direita do Ampliador, perto da cabeceira do divã.

Um alienígena de passagem deu um leve empurrão em Orr no meio da multidão na alameda; ele ergueu o cotovelo para se desculpar e Orr murmurou: "Desculpe". O alienígena parou, meio que bloqueando seu caminho, e ele também parou, surpreso e impressionado por seus quase três metros de indiferença esverdeada e blindada. Era grotesco a ponto de ser engraçado; como uma tartaruga marinha, e ainda assim, como uma tartaruga, ele possuía uma estranha, vasta beleza, uma beleza mais serena do que a de qualquer ser sob o sol, qualquer pessoa que caminhasse sobre a Terra.

Do cotovelo esquerdo ainda erguido, saiu uma voz inexpressiva:

— Jor Jor — disse.

Depois de um instante, Orr reconheceu seu próprio nome naquele barsoomiano bissílabo e respondeu, com certo embaraço:

— Sim, eu sou Orr.

— Por favor, perdoe a interrupção justificada. Você é humano capaz de *iahklu'* como observado antes. Isso incomoda indivíduo.

— Eu não... acho...

— Nós também temos sido perturbados variadamente. Conceitos cruzam na névoa. Percepção é difícil. Vulcões emitem fogo. Ajuda é oferecida: rejeitada. Soro de picada de cobra não é prescrito para todos. Antes de seguir instruções que levam a direções erradas, forças auxiliares podem ser convocadas, de maneira imediata: *Er' perrehnne!*

— *Er' perrehnne* — Orr repetiu automaticamente, toda a sua mente disposta a tentar compreender o que o alienígena estava lhe dizendo.

— Se desejado. Fala é prata, silêncio é ouro. O eu é o universo. Por favor, perdoe a interrupção, cruzando a névoa. — O alienígena, embora sem pescoço e sem cintura, deu a impressão de se curvar e se afastou, enorme e esverdeado, acima da multidão de rosto cinza. Orr ficou de pé olhando para ele até que Haber disse:

— George!

— O quê? — Ele lançou um olhar tolo ao redor da sala, a mesa, a janela.

— O que foi que você fez?

— Nada — disse Orr. Ele ainda estava sentado no divã, seu cabelo cheio de eletrodos. Haber pressionara o botão DESLIGAR do Ampliador e se aproximou do divã, olhando primeiro para Orr e depois para a tela do EEG.

Ele abriu a máquina e verificou o registro permanente dentro dela, gravado por canetas em um rolo de papel.

— Pensei que tinha interpretado mal a tela — disse ele, e deu uma risada peculiar, uma versão muito abreviada de seu rugido normal, a plena voz. — Coisas estranhas aconteceram em seu córtex e eu não estava nem mesmo alimentando seu córtex com o Ampliador, eu tinha acabado de iniciar um leve estímulo para a ponte, nada específico... O que é isso... nossa, deve haver 150 mv ali. — Ele virou de repente para Orr. — O que estava pensando? Reconstrua.

Uma extrema relutância apoderou-se de Orr, correspondendo a uma sensação de ameaça, de perigo.

— Pensei... eu estava pensando sobre os alienígenas.

— Os aldebaranianos? Bem...?

— Só pensei em um que vi na rua, quando vinha para cá.

— E isso o lembrou, consciente ou inconscientemente, da eutanásia que você presenciou. Certo? Ok. Isso pode explicar a atividade esquisita aqui nos centros emotivos; o Ampliador captou-a e a exagerou. Você deve ter sentido que... algo especial, incomum acontecia em sua mente?

— Não — Orr respondeu com sinceridade. — Não parecia incomum.

— Ok. Agora, escute, caso minhas reações tenham preocupado você, saiba que tive este Ampliador ligado ao meu cérebro várias centenas de vezes, e em voluntários do laboratório, 45 participantes diferentes, na verdade. A máquina não vai machucar você, como não os machucou. Mas essa leitura foi muito incomum para um participante adulto e eu apenas queria verificar com você para ver se sentiu isso subjetivamente.

Haber estava tranquilizando a si mesmo, não a Orr; mas isso não importava. Orr não precisava ser tranquilizado.

— Ok. Lá vamos nós de novo. — Haber reiniciou o EEG e se aproximou do botão LIGAR do Ampliador. Orr rangeu os dentes para enfrentar o Caos e a Noite Antiga.

Mas eles não estavam lá. Nem ele estava no centro conversando com uma tartaruga de três metros. Ele permanecia sentado no divã confortável, olhando para o cone cinza-azulado do Santa Helena pela janela. E, silenciosa como um ladrão na noite, uma sensação de bem-estar o invadiu, uma certeza de que as coisas estavam bem e de que ele estava em meio às coisas. O eu é o universo. Ele não poderia ficar isolado, desamparado. Ele estava de volta ao local ao qual pertencia. Sentiu certa tranquilidade, uma perfeita certeza quanto ao lugar onde estava e o lugar onde tudo o mais estava. Esse sentimento não chegou a ele como algo feliz ou místico, mas apenas como algo normal. Era o modo como ele geralmente se sentia, exceto em tempos de crise, de agonia; era o estado de espírito de sua infância e de todas as melhores e mais profundas horas da infância e da maturidade; era o seu modo natural de ser. Nos últimos anos ele o havia perdido gradualmente, mas quase por inteiro, mal percebendo que o perdera. Quatro anos atrás neste mesmo mês, quatro anos atrás, em abril, algo o fizera perder completamente aquele equilíbrio por algum tempo; e recentemente as drogas que ele tomou, os sonhos que ele sonhou, os constantes saltos de memória de uma vida para outra, o agravamento da textura da vida quanto mais Haber a aprimorava, tudo isso o colocara claramente fora do curso. Agora, de repente, ele estava de volta ao lugar ao qual pertencia.

Ele sabia que isso não era nada que tivesse realizado sozinho. Falou em voz alta:

— O Ampliador fez isso?

— Fez o quê? — perguntou Haber, inclinando-se em volta da máquina outra vez para observar a tela do EEG.

— Ah... eu não sei.

— Ele não está fazendo nada em sua percepção — Haber respondeu com um toque de irritação. Haber era agradável em momentos como aquele, em que não representava nenhum papel e não fingia dar nenhuma resposta, totalmente absorvido no que estava tentando descobrir com as reações rápidas e sutis de suas máquinas. — Ele está apenas ampliando o que seu próprio cérebro está fazendo no momento, reforçando a atividade de forma seletiva, e seu cérebro não está fazendo absolutamente nada de interessante... — Ele fez uma rápida anotação de algo, retornou ao Ampliador e então recostou-se para observar as linhas agitadas na pequena tela. Girando os seletores, separou três linhas que tinham parecido uma só e depois as uniu. Orr não o interrompeu de novo. Então Haber disse bruscamente:

— Feche seus olhos. Gire os globos oculares para cima. Certo. Mantenha-os fechados, tente visualizar algo... um cubo vermelho. Certo...

Quando ele finalmente desligou as máquinas e começou a retirar os eletrodos, a serenidade que Orr sentiu não desapareceu, como o estado de espírito induzido por droga ou álcool. A sensação permaneceu. Sem premeditação e sem timidez, Orr falou:

— Dr. Haber, não posso mais deixar que use meus sonhos efetivos.

— Hein? — Haber rosnou, com a mente ainda no cérebro de Orr, não em Orr.

— Eu não posso mais deixar você usar meus sonhos.

— "Usá-los"?

— Usá-los.

— Chame como desejar — disse Haber. Ele se endireitou e se levantou acima de Orr, que continuava sentado. O médico era cinzento, grande, largo, de barba encaracolada, peito largo, carrancudo. Seu Deus é um Deus ciumento. — Sinto muito, George, mas você não está em posição de dizer isso.

Os deuses de Orr não tinham nome e não eram ciumentos, não pediam nem adoração nem obediência.

— Mesmo assim digo — ele respondeu, em tom moderado.

Haber olhou para ele, olhou realmente para ele por um instante, e o viu. Ele pareceu recuar, como um homem poderia fazer ao pensar em afastar uma cortina de tecido leve para os lados e descobrir que é uma porta de granito. Ele atravessou a sala. Sentou-se atrás de sua mesa. Orr agora se levantou e se alongou um pouco.

Haber acariciou sua barba preta com a grande mão cinzenta.

— Eu estou à beira… não, eu estou no meio… de um avanço — ele disse. Sua voz rouca não estava estrondosa ou cordial, mas sombria e forte. — Usando seus padrões cerebrais em um procedimento de retroalimentação-eliminação-replicação-ampliação, estou programando o Ampliador para reproduzir os ritmos do EEG que você obtém durante um sonho. Chamo esses ritmos de estado E. Quando eu os tiver generalizado de modo suficiente, poderei sobrepô-los aos ritmos do estado D de outro cérebro e, após um período de sincronização, eles vão, creio, induzir o sonho efetivo nesse cérebro. Entende o que isso significa? Serei capaz de induzir o estado E em um cérebro adequadamente selecionado e treinado, com tanta facilidade quanto um psicólogo usando ESB induz raiva em um gato ou tranquilidade em um ser humano psicótico… com mais facilidade, pois posso estimular sem implantar contatos ou produtos químicos. Estou a alguns dias, ou algumas horas, de realizar esse objetivo. Quando o fizer, você fica livre. Você será desnecessário. Não gosto de trabalhar com um participante que não está disposto e o progresso será muito mais rápido com um participante adequadamente equipado e orientado. Mas até que esteja pronto, preciso de você. Esta pesquisa deve ser concluída. É provavelmente o trabalho mais importante de pesquisa científica que já foi feito. Preciso de você na medida em que... se seu senso de obrigação em relação a mim, como seu amigo, e em relação à busca do conhecimento e do bem-estar de toda a humanidade não é suficiente para mantê-lo aqui, estou disposto a obrigá-lo a servir a uma causa maior. Se necessário, obtenho uma ordem de Terapia Obrigat... Restrição de Bem-Estar Pessoal. Se necessário, usarei drogas, como se você fosse um psicótico violento. Sua recusa em ajudar em uma questão desta relevância é, óbvio, psicótica. Desnecessário dizer, no entanto, que eu preferiria infinitamente sua ajuda voluntária e gratuita, sem coerção psíquica. Isso faria toda a diferença para mim.

— Na verdade, não faria qualquer diferença para você — disse Orr, sem beligerância.

— Por que está brigando comigo... agora? Por que agora, George? Quando você contribuiu tanto e estamos tão perto da meta? — Seu Deus é um Deus acusador. Mas a culpa não era o caminho para chegar a George Orr; se ele fosse um homem muito inclinado ao sentimento de culpa, não teria vivido até os trinta.

— Porque quanto mais você avança, pior fica. E agora, em vez de me impedir de ter sonhos eficazes, vai começar a tê-los você mesmo. Não gosto de fazer o resto do mundo viver nos meus sonhos, mas certamente não quero viver nos seus.

— O que quer dizer com isso: "pior fica"? Olhe aqui, George.

— De homem para homem. A razão prevalecerá. Se simplesmente nos sentarmos e conversarmos sobre as coisas... — Nas poucas semanas em que trabalhamos juntos, fizemos o seguinte. Eliminamos a superpopulação; restauramos a qualidade da vida urbana e o equilíbrio ecológico do planeta. Eliminamos o câncer como um grande assassino. — Ele começou a dobrar seus dedos fortes e cinzentos para baixo, enumerando. — Eliminamos o problema de cor, de ódio racial. Eliminamos a guerra. Eliminamos o risco de deterioração da espécie e o estímulo a linhagens com genes deletérios. Eliminamos... não, digamos que estão em processo de eliminação... a pobreza, a desigualdade, a guerra de classes, em todo o mundo. O que mais? Doenças mentais, desajustamento à realidade: isso vai demorar um pouco, mas já demos os primeiros passos. Sob a direção UHPD, a redução da miséria humana, física e psíquica, e o constante aumento da autoexpressão individual válida são coisas permanentes, em constante progresso. Progresso, George! Fizemos mais progresso em seis semanas do que a humanidade fez em seiscentos mil anos!

Orr achava que todos esses argumentos deveriam ser respondidos. Começou:

— Mas onde o governo democrático chegou? As pessoas não podem escolher mais nada por si. Por que tudo é de tão má qualidade, por que todo mundo é tão sem alegria? Você não consegue nem mesmo diferenciar as pessoas, e quanto mais jovens são, mais isso se aplica. Esse negócio de Estado Mundial educando todas as crianças naqueles Centros...

Mas Haber interrompeu, muito zangado.

— Os Centros Infantis foram invenção sua, não minha! Eu apenas esbocei as aspirações para você em meios às sugestões de sonho, como sempre faço; tentei sugerir como implementar alguns deles, mas essas sugestões nunca parecem ser aceitas ou são distorcidas por seu maldito processo primário de pensamento, a ponto de ficarem irreconhecíveis. Não precisa me dizer que você resiste e se ressente de tudo que estou tentando realizar pela humanidade, sabe... Isso ficou óbvio desde o início. Cada passo à frente que o forço a dar, você anula, você mutila com a desonestidade ou idiotice dos meios que seu sonho usa para realizar-se. Você tenta, a cada vez, dar um passo para trás. Seus impulsos são totalmente negativos. Se não estivesse sob forte compulsão hipnótica quando sonha, teria reduzido o mundo a cinzas, semanas atrás! Olha o que você quase fez naquela noite em que fugiu com aquela advogada...

— Ela está morta — disse Orr.

— Ótimo. Ela foi uma influência destrutiva para você. Irresponsável. Você não tem consciência social, não tem altruísmo. Você é uma medusa moral. Tenho que lhe incutir responsabilidade social hipnoticamente todas as vezes. E todas as vezes ela é tolhida, corrompida. Foi o que aconteceu com os Centros Infantis. Sugeri que a família nuclear era a principal formadora de estruturas neuróticas de personalidade, e que havia certas maneiras pelas quais, em uma sociedade ideal, ela poderia ser modificada. Seu sonho simplesmente se apropriou da interpretação mais grosseira disso, misturou-a com conceitos utópicos baratos ou com cínicos conceitos antiutópicos e produziu os Centros Infantis. Que, ainda assim, são melhores do que aquilo que substituíram! Há muito pouca esquizofrenia neste mundo... sabia disso? É uma doença rara! — Os olhos escuros de Haber brilharam, seus lábios sorriram.

— As coisas estão melhores do que... do que foram no passado — falou Orr, abandonando a esperança de um debate. — Mas conforme você continua, elas pioram. Não estou tentando frustrá-lo, é que você está tentando fazer algo que não pode ser feito. Tenho este dom, eu sei; e conheço minha obrigação em relação a isso. Usá-lo somente quando devo. Quando não há alternativa. Agora *existem* alternativas. Tenho que parar.

— Nós não podemos parar, nós apenas começamos! Estamos apenas começando a ter algum controle sobre todo esse seu poder.

Estou perto de ter isso. Nenhum medo pessoal pode ser um obstáculo ao bem que pode ser feito a todos os humanos graças a essa nova capacidade do cérebro humano!

Haber estava discursando. Orr o encarou, mas os olhos opacos, encarando-o diretamente, não retribuíam seu olhar, não o viam. O discurso continuou.

— O que estou fazendo é tornar replicável essa nova capacidade. Há uma analogia com a invenção da impressão, com a aplicação de qualquer novo conceito tecnológico ou científico. Se a experiência ou a técnica não pode ser repetida com sucesso por outras pessoas, não tem utilidade. Da mesma forma, o estado E, enquanto estiver encerrado no cérebro de um único homem, não terá mais utilidade para a humanidade do que uma chave trancada dentro de uma sala ou uma única mutação estéril. Mas terei os meios para tirar a chave daquele quarto. E essa "chave" será como um grande marco na evolução humana, como o desenvolvimento do cérebro racional! Qualquer cérebro capaz de usá-la, merecendo usá-la, será capaz disso. Quando um paciente apropriado, treinado e preparado entrar no estado E, sob o estímulo do Ampliador, ele ficará sob controle auto-hipnótico completo. Nada será deixado nas mãos do acaso, do impulso aleatório, do capricho narcísico irracional. Não haverá nenhuma tensão entre seu desejo de niilismo e minha vontade de progresso, seus desejos de nirvana e meu planejamento consciente e cuidadoso pelo bem de todos. Quando eu me certificar de minhas técnicas, você estará livre para ir. Absolutamente livre. E como você afirmou o tempo todo que tudo o que quer é ficar livre de responsabilidade, incapaz de sonhar de forma eficaz, então prometo que o meu primeiríssimo sonho efetivo incluirá sua "cura"… você nunca mais terá um sonho efetivo.

Orr tinha se levantado, estava em pé, parado, olhando para Haber; seu rosto estava sereno, mas intensamente alerta e centrado.

— Você vai controlar seus próprios sonhos — ele disse — sozinho... ninguém vai ajudá-lo ou supervisioná-lo?

— Controlei os seus por semanas. No meu caso... e é claro que serei o primeiro participante de minha própria experiência, isso é uma obrigação ética absoluta... no meu caso o controle será completo.

— Eu tentei a auto-hipnose, antes de usar as drogas supressoras de sonhos...

— Sim, já me disse isso antes; você falhou, é claro. A questão de uma pessoa resistente conseguir uma autossugestão bem-sucedida é interessante, mas aquilo não se tratou de um teste ou algo assim; você não é um psicólogo profissional, não é um hipnotizador treinado, e seu emocional já estava perturbado com toda essa questão. Você não chegou a nenhum lugar, óbvio. Mas eu sou profissional e sei precisamente o que eu estou fazendo. Posso autossugerir um sonho inteiro e sonhá-lo em cada detalhe, precisamente como foi imaginado por minha mente desperta. Fiz isso, todas as noites, na semana passada, iniciando o treinamento. Quando o Ampliador sincronizar o padrão generalizado do estado E com meu próprio estado D, tais sonhos serão efetivados. E então... e então... — Os lábios no meio da barba crespa se abriram em um sorriso forçado, fixo, um sorriso de êxtase que fez Orr recuar como se tivesse visto algo que não deveria ser visto, tão aterrorizante quanto patético. — Então este mundo será como o céu e os homens serão como deuses!

— Nós já somos — falou Orr, mas o outro não deu importância.

— Não há nada a temer. A época de perigo, como poderíamos saber, foi quando só você possuía a capacidade de ter o sonho E, sem saber o que fazer com ele. Se não tivesse vindo até mim, se não tivesse sido enviado para mãos científicas, treinadas, sabe-se lá o que poderia ter acontecido. Mas você estava aqui e eu estava aqui: como dizem, a genialidade consiste em estar no lugar certo na hora certa! — Ele soltou uma gargalhada. — Então, agora não há nada a temer e nada está em suas mãos. Sei, científica e moralmente, o que estou fazendo e como fazê-lo. Sei para onde estou indo.

— Vulcões emitem fogo — Orr murmurou.

— O quê?

— Já posso ir?

— Amanhã às 17h.

— Eu virei — disse Orr, e saiu.

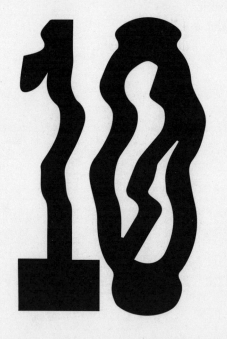

Il descend, réveillé, l'autre côté du rêve.[2]

VICTOR HUGO, *LES CONTEMPLATIONS*

ERAM APENAS 15H E ELE DEVERIA TER voltado para o escritório no Departamento de Parques e terminado os planos para as áreas de lazer suburbanas do Sudeste; mas não fez isso. Pensou nessa ideia e recusou-a. Embora sua memória lhe garantisse que ele já ocupava aquele cargo havia cinco anos, ele desacreditou de sua memória; o trabalho não tinha realidade para ele. Não era o trabalho que ele devia fazer. Não era sua função.

Estava ciente de que, assim, ao relegar à irrealidade uma parte importante da única realidade, da única existência que ele possuía de fato, corria exatamente o mesmo risco que a mente insana corre: a perda da sensação de livre arbítrio. Ele sabia que, à medida que nega o que existe, a pessoa é possuída pelo que não existe, pelas compulsões, pelas fantasias, pelos terrores que se juntam para preencher o vazio. Mas o vazio estava lá. A essa

---

2   "Ele desce, acordado, ao outro lado do sonho." (N. da E.)

vida faltava realismo; era oca; o sonho, criando quando não havia necessidade de criar, se tornava fraco e inconsistente. Se isso era a existência, talvez fosse melhor o vazio. Ele aceitaria os monstros e as necessidades que estavam além da razão. Iria para casa e não tomaria drogas, mas dormiria e sonharia os sonhos que pudessem vir.

Saiu do funicular no centro da cidade, mas, em vez de pegar o bonde, iniciou a caminhada em direção ao seu próprio bairro; ele sempre gostara de andar.

Passando o parque Lovejoy, ainda existia um trecho da antiga estrada, uma rampa enorme, provavelmente datando da última convulsão frenética da mania por rodovias dos anos 1970; no passado, a estrada devia conduzir à ponte de Marquam, mas agora terminava abruptamente no ar, quase dez metros acima da Avenida Front. E não fora destruída durante o saneamento e a reconstrução da cidade após a Era da Peste, talvez porque era tão grande, tão inútil e tão feia a ponto de ser, para o olhar estadunidense, invisível. Lá estava ela, e alguns arbustos haviam se enraizado na pista, enquanto um amontoado de prédios crescera embaixo, como ninhos de andorinhas em um penhasco. Naquela parte bastante desmazelada e reservada da cidade ainda havia pequenas lojas, mercados independentes, pequenos restaurantes pouco convidativos e tudo mais, lutando, apesar das restrições do Racionamento Igualitário de Bens de Consumo e da concorrência esmagadora dos mercados e lojas da CMP, através das quais 90% do comércio mundial passara a ser canalizado.

Uma dessas lojas abaixo da rampa vendia produtos de segunda mão; a placa acima das janelas dizia ANTIGUIDADES e uma letra mal escrita, em um letreiro descascado pintado no vidro, dizia ANTIGUITRALHAS. Em uma vitrine havia algumas peças bojudas de cerâmica artesanal e, na outra, uma velha cadeira de balanço com um xale de tecido escocês carcomido; espalhados em torno desses mostradores principais, todos os tipos de detrito cultural: uma ferradura, um relógio de corda manual, uma coisa enigmática vinda de uma leiteria, uma fotografia emoldurada do presidente Eisenhower, um pequeno globo de vidro lascado contendo três moedas equatorianas, um assento plástico de vaso sanitário decorado com caranguejos e algas marinhas, um rosário bastante manuseado, uma pilha de velhos discos de 45 rpm estéreo, em que estava escrito "boas conds", mas obviamente arranhados. Simplesmente o tipo de lugar, Orr pensou, onde a mãe de Heather poderia ter trabalhado por um tempo. Movido pelo impulso, ele entrou.

Era frio e bastante escuro ali dentro. Um pilar da rampa formava uma das paredes, uma extensão de concreto alta, nua, escura, como a parede de uma caverna submarina. Da profundeza das sombras, dos móveis imensos, dos metros e metros de telas decrépitas de pintura gestual e falsas rocas antigas agora se tornando autênticas antiguidades, embora igualmente inúteis, desses domínios tenebrosos das coisas-de-ninguém, surgiu uma forma enorme que parecia flutuar para a frente devagar, silenciosa e reptiliana: o proprietário era alienígena.

A coisa ergueu o cotovelo esquerdo torto e disse:

— Bom dia. Você deseja um objeto?

— Obrigado, estava apenas olhando.

— Por favor, continue essa atividade — disse o proprietário. Retirou-se um pouco para as sombras e ficou imóvel. Orr olhou para o jogo de luz em algumas velhas penas de pavão, observou um projetor de filmes caseiros de 1950, um conjunto de saquê azul e branco, uma pilha de revistas *Mad* com preços bem altos. Ele ergueu um martelo de aço sólido e admirou seu equilíbrio; era uma ferramenta bem-feita, de qualidade.

— Isto foi escolha sua? — ele perguntou ao proprietário, imaginando o que os próprios alienígenas poderiam ganhar com todos os destroços da era de abundância dos Estados Unidos.

— O que vem é aceitável — respondeu o alienígena.

Um ponto de vista agradável.

— Será que você poderia me dizer uma coisa? Na sua língua, qual é o significado da palavra *iahklu*?

O proprietário se aproximou devagar outra vez, movendo sua armadura tipo carapaça com cuidado entre os objetos frágeis.

— Incomunicável. Linguagem usada para comunicação com pessoas-individuais não conterá outras formas de relacionamento. Jor Jor. — A mão direita, uma extremidade grande, esverdeada, como uma barbatana, avançou de forma lenta e talvez hesitante. — Tiua'k Ennbe Ennbe.

Orr trocou um aperto de mão com a coisa. Ela ficou parada, aparentemente olhando para ele, embora nenhum olho fosse visível no cabeçote de cor escura, cheio de vapor. Será que havia de fato alguma forma substancial no interior daquela carapaça verde, naquela armadura forte? Ele não sabia. No entanto, se sentiu completamente à vontade com Tiua'k Ennbe Ennbe.

— Suponho — ele falou, de novo por impulso — que você nunca conheceu alguém chamada Lelache...

— Lelache. Não. Procura você Lelache.

— Eu perdi Lelache.

— Encruzilhada na névoa — observou o alienígena.

— Quase isso — disse Orr. Na mesa entulhada à sua frente, ele pegou um busto branco de Franz Schubert, provavelmente o prêmio de uma professora de piano para sua aluna. A pupila escrevera na base: "O que, mi atormenta?". O rosto de Schubert era doce e impassível, um pequeno Buda de óculos. — Quanto é isto? — Orr perguntou.

— Cinco centavos novos — respondeu Tiua'k Ennbe Ennbe.

Orr exibiu um níquel da FED.

— Existe alguma maneira de controlar *iahklu'*, fazê-lo seguir o caminho... que deveria seguir?

O alienígena pegou o níquel e esgueirou-se majestosamente até a caixa registradora cromada que Orr tinha imaginado ser uma antiguidade à venda. Ele registrou a venda no caixa e ficou imóvel por algum tempo.

— Uma andorinha não faz verão — disse ele. — Muitas mãos tornam o trabalho leve. — Parou de novo, parecendo insatisfeito com esse esforço de preencher a lacuna de comunicação. Ficou parado por meio minuto, e então foi à vitrine da frente e, com movimentos precisos, rígidos, cuidadosos, escolheu um dos discos antigos expostos ali e levou-o para Orr. Era um disco dos Beatles.

— With a Little Help from My Friends.[3]

— Presente — a coisa disse. — É aceitável?

— Sim — respondeu Orr, e pegou o disco. — Obrigado... muito obrigado. É muito gentil de sua parte. Sou grato.

— Prazer — disse o alienígena. Embora a voz produzida mecanicamente fosse inexpressiva e a armadura, impassível, Orr tinha certeza de que Tiua'k Ennbe Ennbe estava de fato contente; ele mesmo se sentia comovido.

— Posso tocá-lo na máquina do meu senhorio, ele tem uma vitrola antiga — falou. — Muito obrigado. — Eles apertaram as mãos novamente, e ele saiu.

Afinal, ele pensou, enquanto caminhava pela Avenida Corbett, não é surpresa que os alienígenas estejam do meu lado. De certo modo, eu os inventei. Não sei em que sentido, claro. Mas eles definitivamente não estavam por perto até que eu sonhei que estavam, até que os deixei existir. Portanto, há – sempre houve – uma conexão entre nós.

---

3   Em tradução livre: "com uma ajudinha dos meus amigos". (N. da E.)

Claro (seus pensamentos também seguiam o ritmo da caminhada), se isso for verdade, então o mundo inteiro, como está hoje, deveria estar do meu lado, porque inventei muito dele em meus sonhos. Bem, afinal, o mundo está do meu lado. Isto é, sou uma parte dele. Não estou separado dele. Caminho sobre o chão e o chão está em mim, respiro o ar e o altero, estou totalmente interligado ao mundo. Apenas Haber é diferente e fica mais diferente a cada sonho.

Ele está contra mim: minha ligação com ele é negativa. E esse aspecto do mundo pelo qual ele é responsável, que ele me mandou sonhar, é disso que me sinto alienado, é contra isso que me sinto impotente...

Não que ele seja mau. Ele está certo, alguém precisa tentar ajudar as pessoas. Mas aquela analogia com o soro da picada de cobra era falsa. Ele estava falando sobre uma pessoa que encontra outra pessoa com dor. Isso é diferente. Talvez o que fiz, o que fiz em abril, há quatro anos... fosse justificado... (Mas seus pensamentos, como sempre, se afastaram do lugar incendiado.) É preciso ajudar o próximo. Mas não está certo brincar de Deus com massas de pessoas. Para ser Deus, é preciso saber o que se está fazendo. E para fazer qualquer bem, não basta apenas acreditar que está certo e que seus motivos são bons. É preciso... estar em sintonia. Ele não está em sintonia. Para ele, ninguém mais, coisa alguma tem existência própria; ele só enxerga o mundo como um meio para seus fins. Não faz diferença se seus fins são bons; meios são tudo o que temos... Ele não consegue aceitar, não consegue deixar que as coisas existam, não consegue abrir mão do controle. Ele é insano... Poderia arrastar todos nós consigo, para fora de sintonia, se conseguisse sonhar como eu. O que devo fazer?

Ele chegou à antiga casa na Corbett no instante em que chegou a essa pergunta.

Parou no subsolo para pegar emprestada a antiga vitrola de Mannie Ahrens, o síndico. Isso implicava em compartilhar um bule de chá. Mannie sempre preparava uma infusão para Orr, já que Orr nunca tinha fumado e não conseguia tragar sem tossir. Eles conversaram um pouco sobre as questões mundiais. Mannie odiava os espetáculos esportivos; todas as tardes ele ficava em casa e assistia aos programas educativos do CMP para crianças em idade pré-escolar.

— O fantoche de jacaré, Dooby Doo, é um sujeito muito legal — ele disse. Havia longas lacunas na conversa, reflexos das grandes lacunas na mente de Mannie, desgastada pela aplicação de inúmeros produtos químicos ao longo dos anos. Mas havia paz e privacidade em seu porão encardido, e o chá de maconha fraco teve um efeito levemente relaxante em Orr. Por fim, ele carregou a vitrola para cima e ligou-a em uma tomada na parede de sua sala de estar nua. Colocou o disco em seguida, segurou o braço da agulha suspenso sobre o prato giratório. O que ele queria?

Não sabia. Ajuda, ele supôs. Bem, o que viesse seria aceitável, como Tiua'k Ennbe Ennbe dissera.

Colocou a agulha com cuidado no sulco externo e se deitou no chão empoeirado, ao lado da vitrola.

Do you need anybody?
I need somebody to love.[4]

A máquina era automática; quando terminou de tocar o disco, resmungou baixinho um instante, deu dois estalos em suas entranhas e devolveu a agulha para o primeiro sulco.

---

4   "Você precisa de alguém?"/"Preciso de alguém para amar." (N. da T.)

I get by, with a little help,
With a little help from my friends.[5]

Durante a décima primeira reprodução, Orr caiu em sono profundo.

Despertando no cômodo de pé direito alto, vazio, iluminado pelo pôr do sol, Heather ficou desconcertada. Inferno, onde estava? Ela tinha dormido. Adormecera sentada no chão com as pernas esticadas e as costas no piano. Maconha sempre a deixava sonolenta, e boba também, muito, mas não se podia ferir os sentimentos de Mannie e recusá-la, pobre velho maconheiro. George estava deitado no chão como um gato esfolado, junto à vitrola que devorava devagar o prato giratório *With a Little Help*. Ela baixou o volume devagar, depois parou a máquina. George não se moveu em momento algum; seus lábios estavam entreabertos, seus olhos firmemente fechados. Que engraçado, ambos haviam dormido ouvindo aquela música. Ela se levantou e foi para a cozinha ver o que tinha para o jantar.

Ai, pelo amor de Deus, fígado de porco. Era nutritivo e a melhor oferta que se conseguia por três selos de racionamento de carne por peso. Ela pegara aquilo no mercado na véspera. Bem, corte bem fino e frite com carne de porco salgada e cebola... eca. Ai, tudo bem, ela estava com fome suficiente para comer fígado de porco e George não era um homem exigente. Se a comida fosse decente, ele comia e gostava; se fosse um fígado de porco nojento, ele comia. Graças a Deus, de quem emanam todas as bênçãos, incluindo os bons homens.

---

5 "Sobrevivo com uma ajudinha,"/"Com uma ajudinha dos meus amigos." (N. da T.)

Enquanto arrumava a mesa da cozinha e colocava duas batatas e meio repolho para cozinhar, Heather fez algumas pausas: ela se sentia estranha. Desorientada. Por causa da maldita maconha e de dormir no chão toda hora, com certeza.

George entrou, desgrenhado e coberto de poeira. Ficou olhando para Heather. Ela disse:

— Bem. Bom Dia!

Ele ficou em pé encarando-a e sorrindo, um sorriso largo e radiante de pura diversão. Ela nunca recebera um cumprimento tão grande na vida; ficou envergonhada com aquela alegria que causou.

— Minha querida esposa — ele falou, pegando as mãos dela. Olhou para elas, as palmas e as costas, e colocou-as contra seu rosto.

— Você deveria ter a pele marrom — disse ele e, para seu desalento, ela viu lágrimas nos olhos dele. Por um instante, apenas aquele instante, ela teve noção do que estava acontecendo; ela se lembrou de ter a pele marrom, e se lembrou do silêncio na cabana, à noite, e do som do riacho, e de muitas outras coisas, tudo em um clarão. Mas George era algo mais urgente a considerar. Ela o estava abraçando, enquanto ele a abraçava.

— Você está exausto — ela disse —, está chateado, pegou no sono no chão. É aquele cretino do Haber. Não volte para ele. Simplesmente não volte. Não me importa o que ele faça, vamos levá-lo aos tribunais, vamos recorrer, mesmo que ele atire uma liminar de restrição em você e o enfie em Linnton, vamos arranjar um psiquiatra diferente para você e livrá-lo de novo. Você não pode continuar com ele, ele o está destruindo.

— Ninguém pode me destruir — ele respondeu, e riu um pouco, do fundo do peito, quase um soluço — não enquanto eu tiver uma ajudinha dos meus amigos. Vou voltar, não vai durar muito mais tempo. Não é mais comigo que estou preocupado. Mas não se preocupe... — Eles se abraçaram com força, tocando-se com todas as superfícies possíveis, totalmente unidos, enquanto o fígado e as cebolas chiavam na panela.

— Também adormeci — ela disse em seu pescoço —, fiquei tão atordoada datilografando as cartas idiotas do velho Rutti... Mas esse disco que você comprou é bom. Eu amava os Beatles quando era criança, mas as rádios do governo nunca tocam.

— Foi um presente — contou George, mas o fígado pipocou na panela e ela teve que se desvencilhar dele e cuidar da comida. No jantar, George olhou para ela; ela também o observou um pouco. Eles estavam casados havia sete meses. Não falaram nada importante. Lavaram a louça e foram para a cama. Na cama, fizeram amor. O amor não apenas fica ali, como uma pedra, ele tem que ser feito, como pão; refeito o tempo todo, feito como novo. Quando estava feito, se deitaram nos braços um do outro, segurando o amor, dormindo. Em seu sono, Heather ouviu o rugido de um riacho cheio de vozes de crianças não nascidas cantando.

Em seu sono, George viu as profundezas do alto mar.

Heather era secretária de uma antiga e improdutiva sociedade de advogados, Ponder e Rutti. No dia seguinte, sexta-feira, quando ela saiu do trabalho às 16h30, não pegou o monotrilho e o bonde para casa; em vez disso, tomou o funicular até o Washington Park. Tinha dito a George que poderia encontrá-lo na UHPD, já que sua sessão de terapia só começaria às 17h, e depois poderiam voltar ao centro juntos e comer em um dos restaurantes do CPM no Shopping Internacional.

— Vai dar tudo certo — ele lhe dissera, entendendo os motivos dela e querendo dizer que ele ficaria bem.

Ela respondera:

— Eu sei. Mas seria divertido comer fora e eu guardei alguns selos. Nós ainda não experimentamos a Casa Boliviana.

Ela chegou à torre da UHPD cedo e esperou na ampla escadaria de mármore. Ele veio no carro seguinte. Ela o viu desembarcar com outras pessoas, às quais ela não viu. Um homem baixo e bem feito, muito autocontido, com uma expressão amável. Ele se movia bem, embora se inclinasse um pouco, como a maioria das pessoas que trabalhavam sentadas diante de uma mesa. Quando ele a viu, seus olhos, que eram claros e iluminados, pareceram ficar mais iluminados, e ele sorriu: mais uma vez aquele sorriso de emoção de alegria absoluta. Ela o amava violentamente. Se Haber o machucasse outra vez, ela iria lá e dilaceraria o médico em pedacinhos. Sentimentos violentos geralmente eram estranhos para ela, mas não quando envolviam George. E, de qualquer forma, hoje, por alguma razão, ela se sentia diferente do habitual. Sentia-se mais ousada, mais resistente. Ela tinha dito "merda" em voz alta no trabalho, duas vezes, fazendo o velho sr. Rutti se encolher. Quase nunca havia dito "merda" antes em voz alta, e nunca pretendia fazê-lo quando acontecia, e ainda assim ela o fez, como se fosse um hábito velho demais para abandonar…

— Olá, George — disse ela.

— Olá — ele disse, pegando as mãos dela. — Você é linda, linda. — Como alguém poderia pensar que aquele homem estava doente? Tudo bem, então ele tinha sonhos esquisitos. Isso era melhor do que ser simplesmente cruel e odioso, como cerca de um quarto das pessoas que ela conhecia.

— Já são 17h — ela falou. — Vou esperar aqui embaixo. Se chover, estarei no saguão. Aquilo parece a tumba de Napoleão, tudo em mármore preto e essas coisas. Mas aqui fora é agradável. Dá para ouvir os leões rugindo no zoológico.

— Venha comigo — ele pediu. — Já está chovendo. — De fato, estava: a garoa sem fim da primavera… o gelo da Antártica caindo suavemente sobre a cabeça das crianças, filhas dos responsáveis por derretê-la. — Ele tem uma boa sala de espera. Você provavelmente vai dividi-la com uma confusão de figurões da FED e três ou quatro chefes de Estado. Todos recebendo tratamento especial do diretor da UHPD. E eu tenho que ir rastejando e sou exibido na frente deles toda maldita vez. O psicótico adestrado do dr. Haber. Sua exposição. O paciente simbólico dele... — Ele a estava conduzindo por um grande saguão sob o domo do Panteão, por passarelas móveis, até uma escada rolante em espiral incrível que parecia não ter fim. — A UHPD realmente governa o mundo, como ele é — disse ele. — Não consigo deixar de me perguntar por que Haber precisa de qualquer outra forma de poder. Ele tem o suficiente, Deus sabe. Por que ele não para por aqui? Suponho que seja como Alexandre, o Grande, precisando de novos mundos para conquistar. Nunca entendi isso. Como foi seu trabalho hoje? — Ele estava tenso, por isso falava muito; mas não parecia deprimido ou aflito, como estivera por semanas. Algo tinha restaurado sua tranquilidade natural. Ela nunca acreditara de verdade que ele poderia perdê-la por muito tempo, perder o caminho, ficar fora de sintonia; ainda assim, ele tinha ficado muito mal, cada vez pior. Agora ele não estava mais, e a mudança fora tão repentina e completa que ela se perguntou o que, de fato, a produzira. Tudo o que ela podia lembrar era de sentarem na sala de estar ainda sem mobília para ouvir aquela canção maluca e sutil dos Beatles na noite anterior e ambos caírem no sono. A partir daí, George voltou a ser ele mesmo.

Não havia ninguém na grande e elegante sala de espera de Haber. George falou seu nome para uma coisa na mesa perto da porta, uma autorrecepcionista, ele explicou a Heather. Ela estava fazendo uma piada nervosa, questionando se eles também tinham autoeroticistas, quando uma porta se abriu e Haber surgiu.

Ela tinha encontrado com ele apenas uma vez, e brevemente, quando ele aceitou George como paciente. Ela esquecera como ele era um homem grande, como sua barba era grande e como ele parecia extremamente impressionante.

— Entre, George! — ele trovejou. Ela ficou impressionada. Encolheu-se. Ele a notou. — Sra. Orr... feliz em vê-la! Estou feliz que você veio! Entre também.

— Ah, não. Eu só...

— Ah, sim. Você percebe que esta é provavelmente a última sessão de George aqui? Ele lhe contou? Hoje à noite terminamos. Você decerto deveria estar presente. Vamos. Deixei minha equipe sair cedo. Você deve ter visto a debandada descendo a escada rolante. Eu quis ter o lugar só para mim esta noite. Isso, sente-se aqui. — Ele continuou; não havia necessidade de dizer algo significativo em resposta. Ela ficou fascinada pela atitude de Haber, o tipo de exultação que exalava; ela não se lembrava da pessoa magistral e genial que ele era, maior do que o tamanho natural. Era realmente inacreditável que aquele homem, um líder mundial e um grande cientista, tivesse gasto todas aquelas semanas de terapia pessoal em George, que não era ninguém. Mas, óbvio, o caso de George era muito importante, no sentido da pesquisa. — Uma última sessão — ele estava dizendo, enquanto ajustava algo em uma coisa parecida com um computador na parede à cabeceira do divã. — Um último sonho controlado, e então, acho, teremos derrotado o problema. Preparado, George?

Ele usava com frequência o nome do marido dela. Heather se lembrou de George dizendo algumas semanas antes: "Ele continua me chamando pelo meu nome, acho que é para lembrar a si mesmo que há alguém presente".

— Claro, estou preparado — disse George, e sentou-se no divã, erguendo um pouco o rosto. Lançou um olhar para Heather e sorriu. Haber imediatamente começou a prender na cabeça dele as coisinhas com fios, repartindo o cabelo grosso. Heather se lembrava daquele processo de quando fora feita sua própria impressão cerebral, parte da bateria de testes e registros feitos em cada cidadão da FED. Ver aquilo ser feito no marido a deixou inquieta.

Como se os eletrodos fossem pequenas ventosas que drenariam os pensamentos da cabeça de George e os transformariam em rabiscos em um pedaço de papel, a escrita sem sentido dos loucos. Agora o rosto de George aparentava extrema concentração. O que ele estava pensando?

Haber colocou a mão na garganta de George de repente, como se estivesse prestes a estrangulá-lo e, estendendo a outra mão, começou a rodar uma fita com a fala do hipnotizador em sua própria voz: "Você está entrando no estado hipnótico...". Alguns segundos depois ele parou a fita e testou a hipnose. George estava inconsciente.

— Ok — Haber disse, e fez uma pausa, evidentemente ponderando. Enorme como um urso pardo em pé sobre as patas traseiras, ele ficou ali, entre ela e a figura frágil e passiva no divã. — Agora ouça com atenção, George, e lembre-se do que eu digo. Você está profundamente hipnotizado e seguirá à risca todas as instruções que eu lhe der. Vai dormir quando eu mandar e vai sonhar. Você terá um sonho efetivo. Vai sonhar que você é completamente normal... que é como todo mundo. Vai sonhar que você já teve, ou pensou que tinha, uma capacidade de sonhar de forma eficaz, mas que isso *não é mais verdade*. Seus sonhos daqui em diante serão como os de todo mundo, significativos apenas para você, não tendo efeito na realidade exterior. Você sonhará tudo isso; seja qual for o simbolismo que usará para expressar o sonho, seu conteúdo efetivo será que você não poderá mais sonhar de forma efetiva. Será um sonho agradável e você vai acordar quando eu disser seu nome três vezes, sentindo-se alerta e bem. Depois desse sonho você nunca sonhará de forma efetiva. Agora deite-se. Fique confortável. Você vai dormir. Você está dormindo. Antuérpia!

Quando ele falou essa última palavra, os lábios de George se moveram e ele disse algo na voz fraca e remota de quem fala dormindo. Heather não conseguiu ouvir o que ele disse, mas pensou imediatamente na noite anterior; ela estava quase dormindo, encolhida ao lado dele, quando ele dissera algo em voz alta: soara como ar perene. "O quê?", ela tinha perguntado, e ele não respondera nada, estava dormindo. Como agora.

Seu coração se contraiu dentro dela enquanto o observava deitado ali, com as mãos quietas ao lado do corpo, vulnerável.

Haber se levantou e agora apertava um botão branco ao lado da máquina na cabeceira do divã; alguns dos fios dos eletrodos levavam àquela máquina e alguns para a máquina de EEG, que ela reconheceu. A coisa na parede devia ser o Ampliador, o motivo de toda a pesquisa.

Haber veio até ela, onde estava sentada, afundada em uma enorme poltrona de couro. Couro verdadeiro, ela tinha esquecido como era a sensação do couro verdadeiro. Era como os couros de vinil, mas mais interessante para os dedos. Ela estava assustada. Não entendeu o que estava acontecendo. Olhou para o homem grande parado diante de si, urso-xamã-deus.

— Este, sra. Orr — ele estava dizendo em um tom de voz reduzido —, é o auge de uma longa série de sonhos sugeridos. Estamos nos encaminhando para esta sessão, este sonho, há semanas. Estou feliz que você veio, não pensei em convidá-la, mas sua presença é um benefício adicional, fazendo-o se sentir completamente seguro e confiante. Ele sabe que não posso fazer nenhum truque com você por perto! Não é? Na verdade, estou bastante confiante no sucesso. Vou fazer o truque. A dependência das drogas para dormir será bastante reduzida, uma vez que o medo obsessivo de sonhar for apagado. É puramente uma questão de condicionamento... tenho que manter um olho naquele EEG, ele vai sonhar agora. — Rápido e enorme, ele atravessou a sala. Ela ficou sentada, observando o rosto calmo de George, no qual a expressão de concentração, qualquer expressão, tinha desaparecido. A aparência que ele poderia ter na morte.

O dr. Haber estava ocupado com suas máquinas, inquietamente ocupado, curvando-se sobre elas, ajustando-as, observando-as. Ele não prestava atenção nenhuma em George.

— Aí — ele falou com calma, não para ela, Heather pensou; ele era seu próprio público. — É isso aí. Agora. Agora uma pequena pausa, segundo estágio, um pouco de sono entre os sonhos. — Ele fez algo no equipamento na parede. — Então, vamos fazer um pequeno teste... — Ele se aproximou dela mais uma vez; ela queria que ele realmente a ignorasse em vez de fingir conversar com ela. Ele parecia não conhecer as utilidades do silêncio. — Seu marido tem sido de uma ajuda inestimável para nossas pesquisas aqui, sra. Orr. Um paciente único. O que aprendemos sobre a natureza do sonho e o emprego dos sonhos em terapias de condicionamento positivo e negativo será literalmente de valor inestimável em todas as esferas da vida. Você sabe o que UHPD significa? Utilidade Humana: Pesquisa e Desenvolvimento. Bem, o que aprendemos com este caso será de imensa, literalmente imensa, utilidade humana. Algo incrível para desenvolver a partir do que parecia ser um caso rotineiro e secundário de abuso de drogas! O mais incrível nisso é que os charlatões da Faculdade de Medicina tiveram inteligência para perceber algo especial no caso e o encaminharam para mim. É raro ver tanta perspicácia em psicólogos clínicos acadêmicos... — Os olhos dele estavam no relógio o tempo todo, e então disse: — Bem, de volta para o Bebê — e rapidamente atravessou outra vez a sala. Ele enrolou com aquele Ampliador de novo e falou em voz alta: — George. Você ainda está dormindo, mas pode me ouvir. Pode me ouvir e me entender perfeitamente. Abane um pouco a cabeça se me ouvir. — O rosto calmo não mudou, mas a cabeça assentiu uma vez. Como a cabeça de um fantoche em uma corda. — Bom. Agora, ouça com atenção. Você vai ter outro sonho realista. Vai sonhar que... há um mural aqui na parede do meu escritório. Uma grande foto do monte Hood, todo coberto de neve. Você vai sonhar que vê o mural ali na parede atrás da mesa, bem aqui no meu escritório. Certo. Agora você vai dormir e sonhar... Antuérpia.

Ele se apressou e se curvou de novo sobre seu maquinário.

— Aí — ele sussurrou em voz baixa. — Aí... Ok... Certo...

As máquinas estavam paradas. Até Haber deixou de se mover e de murmurar. Não havia ruído na sala imensa e suavemente iluminada com sua parede de vidro com vista para a chuva. Haber ficou ao lado do EEG, sua cabeça virou-se para a parede atrás da mesa.

Nada aconteceu.

Heather moveu os dedos da mão esquerda em um pequeno círculo na superfície resiliente e granulosa da poltrona, material que já tinha sido a pele de um animal vivo, a superfície intermediária entre uma vaca e o universo. A melodia do antigo disco que eles tinham tocado no dia anterior entrara em sua cabeça e não sairia mais.

What do you see when you turn out the light?
I can't tell you, but I know it's mine...[6]

Ela não imaginaria que Haber pudesse ficar parado, em silêncio, por tanto tempo. Apenas uma vez, seus dedos foram até o seletor. Então, ele ficou imóvel outra vez, observando a parede em branco.

George suspirou, levantou a mão, sonolento, voltou a relaxar e acordou. Piscou e se sentou. Seus olhos foram imediatamente para Heather, como que para se certificar de que ela estava lá.

Haber franziu a testa e, com um movimento sobressaltado e assustado, empurrou o botão inferior do Ampliador.

---

6 "O que você vê quando apaga a luz?"/"Não posso lhe dizer, mas sei que é meu..." (N. da T.)

— Raios! — ele disse. Olhou para a tela do EEG, ainda com pequenos traços animados. — O Ampliador estava transmitindo a você os padrões do estado D, como foi que você acordou...?

— Não sei. — George bocejou. — Apenas acordei. Você não instruiu que eu acordasse em breve?

— Geralmente faço isso. Com um sinal. Mas como foi que você anulou o padrão de estimulação do Ampliador... Vou ter que aumentar o poder; era óbvio que fazia isso de forma muito hesitante. — Agora ele conversava com o Ampliador, não havia dúvida disso. Quando aquela conversa terminou, ele se virou abruptamente para George e disse: — Muito bem. Qual foi o sonho?

— Sonhei que havia uma foto do monte Hood na parede ali atrás da minha esposa.

Os olhos de Haber se dirigiram para a parede de painéis de madeira de sequoia e voltaram a George.

— Algo mais? Um sonho anterior... alguma lembrança dele?

— Acho que sim. Espere um minuto... acho que sonhei que estava sonhando ou algo assim. Estava confuso. Eu estava em uma loja. Isso... eu estava na Meier e Frank comprando um terno novo, eu precisava de uma túnica azul, porque ia começar em um novo emprego, ou algo assim. Não consigo me lembrar. De qualquer forma, eles tinham um guia, um folheto, que dizia quanto o indivíduo deveria pesar para cada altura, e vice-versa. E eu estava bem no meio de ambos, a escala de altura e a escala de peso, para homens de compleição média.

— Em outras palavras, normal — disse Haber, e de repente riu. Deu uma gargalhada que deixou Heather muito surpresa, depois da tensão e do silêncio. — Tudo bem, George. Está tudo bem. — Ele deu uma palmada no ombro de George e começou a tirar os eletrodos de sua cabeça. — Conseguimos. Chegamos. Você está limpo! Sabe disso?

— Acredito que sim — George respondeu docemente.

— A grande carga está fora dos seus ombros. Certo?

— E foi para os seus?

— E foi para os meus. Certo! — Outra vez a gargalhada tempestuosa, um pouco longa demais. Heather se perguntou se Haber sempre fora assim ou se estava em estado de extrema agitação.

— Dr. Haber — perguntou o marido —, você já falou com um alienígena? Sobre sonhar?

— Um aldebaraniano, você quer dizer? Não. Em Washington, Forde tentou alguns dos nossos testes em alguns deles, junto com toda uma série de testes psicológicos, mas os resultados foram sem sentido. Simplesmente não resolvemos o problema de comunicação. Eles são inteligentes, mas Irchevsky, nosso melhor xenobiológo, acha que eles podem não ser racionais, e que aquilo que parece ser um comportamento socialmente integrador entre os seres humanos não é senão uma espécie de mimetismo instintivo adaptativo. Não tenho certeza. Não se pode fazer um EEG neles e, na verdade, nem conseguimos saber se eles dormem ou não, quanto mais se sonham!

— Você conhece o termo *iahklu*?

Haber parou momentaneamente.

— Já ouvi isso. É intraduzível. Você decidiu que significa "sonho", foi?

George sacudiu a cabeça.

— Não sei o que significa. Não finjo ter algum conhecimento que você não tem, mas acho que, antes de continuar com o... com a aplicação da nova técnica, dr. Haber, antes de sonhar, você deveria falar com um dos alienígenas.

— Qual deles? — A fustigada de ironia era clara.

— Qualquer um. Não importa.

Haber riu.

— Falar sobre o quê, George?

Heather viu os olhos claros do marido brilharem quando ele olhou para o homem mais alto.

— Sobre mim. Sobre sonhar. Sobre o *iahklu'*. Isso não importa. Contanto que você *ouça*. Eles saberão onde você está chegando, eles são muito mais experientes do que nós em tudo isso.

— Em quê?

— Em sonhar… naquilo de que o sonho é um aspecto. Eles fazem isso há muito tempo. Desde sempre, acho. Eles são do tempo dos sonhos. Não entendo, não posso expressar em palavras. Tudo sonha. O jogo da forma, do ser, é o sonho da substância. Rochas têm seus sonhos, e a terra muda… Mas quando a mente se torna consciente, quando a taxa de evolução acelera, daí é preciso ter cuidado. Cuidado com o mundo. É preciso aprender o caminho. Aprender as habilidades, a arte, os limites. Uma mente consciente deve ser parte do todo, intencional e cuidadosamente… como a rocha faz parte do todo sem se dar conta. Entende? Isso não significa nada para você?

— Não é novidade para mim, se é isso que você quer dizer. Alma do mundo e assim por diante. Síntese pré-científica. O misticismo é uma abordagem para a natureza do sonho ou da realidade, embora não seja aceitável para aqueles dispostos a usar a razão e capazes de fazê-lo.

— Não sei se isso é verdade — disse George sem o menor ressentimento, embora estivesse muito sério. — Mas, ao menos por curiosidade científica, experimente isso: antes de testar o Ampliador em si mesmo, antes de ligá-lo, quando estiver iniciando a autossugestão, diga isto: *Er' perrehnne*. Em voz alta ou em seus pensamentos. Uma vez. Claramente. Tente.

— Por quê?

— Porque funciona.

— Funciona como?

— Você recebe uma pequena ajuda de seus amigos — disse George. Ele levantou. Heather olhou para ele aterrorizada. O discurso dele soara louco... a cura de Haber o deixara louco, ela devia saber que deixaria. Mas Haber não estava respondendo... estava? Como faria em uma conversa incoerente ou psicótica. — *Iahklu'* é demais para uma pessoa sozinha. Foge ao controle. Eles sabem o que está envolvido no controle. Ou, não exatamente controle, essa não é a palavra certa; mas em manter as coisas no lugar a que pertencem, indo pelo caminho certo... Não entendo isso. Talvez você entenda. Peça a ajuda deles. Diga *Er'perrehnne* antes de... antes de pressionar o botão LIGAR.

— Você pode estar certo — disse Haber. — Pode valer a pena investigar. Vou fazer isso, George. Vou trazer um dos aldebaranianos do Centro de Cultura e ver se consigo alguma informação sobre isso... Tudo grego para você, hein, sra. Orr? Este seu marido deveria ter entrado no ramo da psiquiatria, na parte de pesquisa; ele é desperdiçado como desenhista. — Por que ele disse aquilo? George era designer de parques e playgrounds. — Ele tem o dom, ele tem talento. Nunca pensei em associar os aldebaranianos a isso, talvez essa seja uma boa ideia. Mas talvez você esteja muito feliz por ele não ser um psiquiatra, né? Horrível ter seu cônjuge analisando seus desejos inconscientes na mesa do jantar, não? — Ele explodiu e trovejou, mostrando-lhes a saída. Heather estava perplexa, quase em lágrimas.

— Eu o odeio — ela disse ferozmente, na espiral descendente da escada rolante. — Ele é um homem horrível. Falso. Uma grande farsa!

George pegou o braço dela. Não falou nada.

— Você acabou? Acabou mesmo? Não precisa mais das drogas e acabou com todas essas sessões horríveis?

— Acho que sim. Ele vai apresentar meus documentos e, em seis semanas, recebo o aviso de liberação. Se eu me comportar.

— Ele sorriu, um pouco cansado. — Isso foi difícil para você, querida, mas não para mim. Não desta vez. Mas estou com fome. Onde vamos jantar? A Casa Boliviana?

— Chinatown — disse ela, e depois se deu conta. — Haha — acrescentou. O antigo bairro chinês fora removido, como o resto do centro, pelo menos dez anos antes. Por algum motivo, ela tinha esquecido completamente disso por um instante. — Quero dizer Ruby Loo — falou, confusa.

George segurou seu braço um pouco mais perto.

— Tudo bem — disse ele.

Foi fácil chegar lá; a linha funicular parava do outro lado do rio, no antigo Lloyd Center, no passado o maior centro comercial do mundo, antes do Colapso. Hoje em dia, os amplos edifícios-garagem de vários andares haviam desaparecido, junto com os dinossauros, e muitas das redes comerciais e lojas do shopping de dois andares estavam vazias, fechadas.

A pista de gelo não era preenchida havia vinte anos. Nenhuma água jorrava das bizarras e românticas fontes de metal retorcido. As pequenas árvores ornamentais haviam crescido muito e suas raízes racharam as passarelas em volta de seus plantadores cilíndricos. Vozes e passos soavam exageradamente nítidos e um pouco vazios para quem caminhava sob aquelas longas arcadas meio iluminadas e meio abandonadas.

O Ruby Loo's ficava no andar superior. Os galhos de um castanheiro-da-índia escondiam a fachada de vidro. No alto, o céu era de um verde delicado, intenso, aquela cor vista rapidamente nas noites de primavera quando o céu se abre depois da chuva. Heather olhou para aquele jade celeste, distante, improvável, sereno; seu coração se animou, ela sentiu a ansiedade começar a escorregar de si como uma pele solta. Mas isso não durou. Houve uma reversão curiosa, um deslocamento. Algo parecia pegá-la, abraçá-la. Ela quase parou de andar e olhou o céu de jade nos corredores vazios e sombrios à sua frente. Aquele era um lugar estranho.

— É assustador aqui em cima — disse ela.

George deu de ombros; mas seu rosto parecia tenso e bastante sombrio.

Batia um vento que nos velhos tempos seria quente demais para abril, um vento quente e úmido balançando os grandes ramos de hastes verdes do castanheiro, agitando a sujeira ao longo dos corredores longos e desertos. O letreiro de neon vermelho atrás dos galhos em movimento parecia escurecer e oscilar com o vento, mudando de forma; não dizia Ruby Loo's, não dizia mais nada. Nada dizia coisa alguma. Nada tinha significado. O vento soprava no pátio vazio. Heather se afastou de George e foi em direção à parede mais próxima; estava chorando. Na dor, seu instinto era se esconder, ficar em um canto de uma parede e se esconder.

— O que é isso, querida…? Tudo bem. Espere, tudo ficará bem.

Estou ficando louca, ela pensou; não foi George, não foi George o tempo todo, fui eu.

— Vai dar tudo certo — ele sussurrou mais uma vez, mas ela percebeu em sua voz que ele não acreditava nisso. Sentiu nas mãos dele que não acreditava.

— O que há de errado? — ela chorava desesperadamente. — O que há de errado?

— Não sei — disse ele, quase desatento. Ele levantou a cabeça e se virou um pouco, embora ainda a abraçasse para que parasse de chorar. Ele parecia estar assistindo, escutando. Ela sentiu o coração bater forte e firme em seu peito.

— Heather, escute. Vou ter que voltar.

— Voltar para onde? O que há de errado? — A voz dela estava aguda e alta.

— Para o Haber. Tenho que ir. Agora. Espere por mim… no restaurante. Espere por mim, Heather. Não me siga. — Ele saiu.

Ela precisava segui-lo. Ele saiu sem olhar para trás, rápido, pelas longas escadas, sob as arcadas, passando pelas fontes secas, até a estação do funicular. Um vagão estava esperando, lá no final da linha; ele pulou para dentro. Ela subiu, com a respiração doendo no peito, assim que o vagão começou a sair.

— Que saco, George!

— Sinto muito. — Ele também estava ofegante. — Eu tenho que chegar lá. Não envolvê-la nisso.

— Em quê? — Ela o detestou. Eles se sentaram frente a frente, bufando um para o outro. — Que espetáculo maluco é esse? Por que está voltando lá?

— Haber está... — A voz de George ficou seca por um momento. — Ele está sonhando — disse ele. Um terror profundo e sem sentido se arrastou para dentro de Heather. Ela ignorou.

— Sonhando com o quê? E daí?

— Olhe pela janela.

Ela só tinha olhado para ele, enquanto corriam e desde que entraram no vagão. O funicular estava atravessando o rio agora, bem acima da água. Mas não havia água. O rio secara. O leito estava erodido e lamacento sob as luzes das pontes, sujo, coberto de gordura, ossos, ferramentas perdidas e peixes morrendo. Os grandes navios estavam adernados e destruídos ao lado das docas elevadas e escorregadias.

Os edifícios do centro de Portland, a capital do mundo, cubos altos, novos e bonitos de pedra e vidro intercalados com doses moderadas de verde, as fortalezas do governo – Pesquisa e Desenvolvimento, Comunicações, Indústria, Planejamento Econômico, Controle Ambiental – estavam derretendo. Eles iam ficando encharcados e instáveis, como a gelatina deixada ao sol. Os cantos já tinham escorrido pelos lados, formando grandes manchas de creme.

O funicular estava indo muito rápido e não parava nas estações; algo devia estar errado com o cabo, Heather pensou, sem se envolver pessoalmente. Eles balançavam depressa sobre a cidade dissolvida, baixo o suficiente para ouvir estrondos e gritos.

Quando o vagão chegou mais alto, o monte Hood apareceu, atrás da cabeça de George, que estava sentado de frente para Heather. Ele viu a luz fantasmagórica refletida no rosto dela, ou nos olhos dela, talvez, porque se virou imediatamente para olhar o grande cone invertido de fogo.

O vagão balançou, frenético, no abismo entre a cidade disforme e o céu sem forma.

— Nada parece estar muito certo hoje — disse uma mulher distante, no fundo do vagão, em voz alta e trêmula.

A luz da erupção era terrível e linda. Seu vigor imenso, material, geológico era tranquilizador, comparado à área vazia que agora estava à frente do carro, na extremidade superior da linha.

O pressentimento que tomou Heather quando ela olhou para baixo do céu de jade era agora uma presença. Estava lá. Era uma área ou talvez um período de tempo, uma espécie de vazio. Era a presença da ausência: uma entidade não quantificável e sem qualidades, na qual todas as coisas caíam e da qual nada saía. Aquilo era terrível e não era nada. Era o caminho errado.

Foi nisso que, quando o vagão funicular parou no terminal, George entrou. Ele olhou para ela enquanto saía, gritando:

— Espere por mim, Heather! Não me siga, não venha!

Embora ela tentasse obedecê-lo, algo a tomou. Crescia desde o centro, depressa. Ela descobriu que todas as coisas tinham sumido e que ela estava perdida no pânico escuro, gritando o nome do marido, sem voz, desolada, até que afundou em uma bola retorcida no centro de seu próprio ser e caiu para sempre no abismo seco.

Pelo poder da vontade, que é realmente grande quando exercido no caminho certo na hora certa, George Orr encontrou sob seus pés o mármore duro dos degraus da torre da UHPD. Seguiu em frente enquanto seus olhos o informavam de que ele andava sobre a névoa, a lama, cadáveres em decomposição, inúmeros sapos minúsculos. Estava muito frio e ainda havia um cheiro de metal quente, cabelos ou carne queimados. Ele atravessou o saguão; as letras douradas do aforismo em volta da cúpula saltaram sobre por um instante: HOMEM HUMANIDADE H M A A A. Os As tentaram fazê-lo tropeçar. Ele pisou em uma esteira rolante, embora ela não estivesse visível; pisou na escada automática helicoidal e subiu no nada, sempre se apoiando na firmeza de sua vontade. Nem sequer fechou os olhos.

No último andar, o chão era de gelo. Tinha cerca de um dedo de espessura e era bastante claro. Através dele era possível ver as estrelas do hemisfério sul. Orr pisou no gelo e todas as estrelas emitiram um som alto e falso, como sinos quebrados. O mau cheiro era muito pior, causando-lhe ânsia de vômito. Ele foi em frente, estendendo a mão.

O painel da porta do escritório externo de Haber estava lá para encontrá-la; ele não podia vê-la, mas tocou nela. Um lobo uivou. A lava se movia em direção à cidade.

Ele foi até a última porta. Abriu-a. Do outro lado, não havia nada.

— Socorro — ele gritou, enquanto o vazio o arrastava, o puxava. Ele não tinha força para atravessar o nada sozinho e chegar ao outro lado.

Em sua mente, houve algo como um despertar do embotamento; ele pensou em Tiua'k Ennbe Ennbe e no busto de Schubert, e na voz de Heather dizendo em fúria: "Que *saco*, George!" Aquilo parecia ser tudo o que ele tinha para atravessar o nada. Ele foi em frente. Soube, enquanto seguia, que perderia tudo o que possuía.

Entrou no olho do pesadelo.

Era uma escuridão fria, vagamente móvel e giratória, feita de medo, que o puxou de lado, o afastou. Ele sabia onde estava o

Ampliador. Estendeu sua mão mortal para onde as coisas estavam e o tocou; sentiu o botão inferior e o empurrou de uma vez.

Então, se agachou, cobrindo os olhos e se encolhendo, porque o medo dominara sua mente. Quando ergueu a cabeça e olhou, o mundo re-existiu. Não estava em boas condições, mas estava lá.

Eles não estavam na torre da UHPD, mas em um escritório mais lúgubre, mais comum, que ele nunca tinha visto antes. Haber estava esparramado no divã, sólido, sua barba se projetando para o alto. A barba era vermelho-acastanhada outra vez, a pele era esbranquiçada, não mais cinza. Os olhos estavam meio abertos e não viam nada.

Orr retirou os eletrodos cujos fios corriam como vermes entre o crânio de Haber e o Ampliador. Olhou para a máquina, seus compartimentos estavam todos abertos; aquilo deveria ser destruído, ele pensou. Mas não tinha ideia de como fazer isso, nem vontade de tentar. Destruição não era seu estilo; e uma máquina é mais irrepreensível, mais sem pecado do que qualquer animal. Não tem intenções, exceto as nossas.

— Dr. Haber — ele chamou, sacudindo um pouco seus ombros grandes e pesados. — Haber! Acorde!

Depois de algum tempo, o grande corpo se moveu e sentou--se. Estava completamente fraco e flácido. A cabeça enorme e bonita estava pendurada entre os ombros. A boca estava mole. Os olhos olhavam para a frente, para a escuridão, para o vazio, para o não ser no centro de William Haber; já não estavam opacos, estavam ocos.

Orr ficou com medo dele, fisicamente, e recuou.

Preciso buscar ajuda, pensou, não consigo lidar com isso sozinho... Ele saiu do escritório para uma sala de espera desconhecida e desceu as escadas correndo. Nunca estivera naquele edifício e não tinha ideia do que era, ou de onde estava. Quando saiu na rua, soube que era uma rua de Portland, mas isso era tudo. Não estava perto do Washington Park ou das colinas do Oeste. Não era nenhuma rua pela qual ele já tivesse caminhado.

O vazio do ser de Haber, o pesadelo efetivo, irradiando para fora do cérebro sonhador, tinha desfeito as conexões. A continuidade que sempre se mantivera entre os mundos ou as linhas do tempo dos sonhos de Orr havia sido rompida. O caos se instalara. Ele tinha poucas e incoerentes lembranças da existência em que estava agora; quase tudo o que sabia vinha de outras memórias, outros sonhos.

Outras pessoas, menos conscientes do que ele, podiam estar melhor equipadas para essa mudança de existência: mas ficariam mais assustadas com ela, sem ter explicação. Encontrariam o mundo alterado de forma radical, repentina, ilógica, sem uma causa racional possível para a mudança. Haveria muitas mortes e terror depois do sonho do dr. Haber.

E perdas. E perdas.

Ele sabia que tinha perdido Heather; soube desde que, com a ajuda dela, entrou no vazio de pânico que cercava o sonhador. Ela foi perdida junto com o mundo das pessoas cinzentas e o imenso, falso edifício em que ele entrara, deixando-a sozinha na ruína e na dissolução do pesadelo. Ela se foi.

Ele não tentou buscar ajuda para Haber. Não havia ajuda para Haber. Nem para si mesmo. Ele tinha feito tudo que poderia fazer. Caminhou pelas ruas confusas. Viu pelas placas que estava na parte nordeste de Portland, uma área que ele nunca tinha conhecido bem. As casas eram baixas, e às vezes, nas esquinas, via-se a montanha. Viu que a erupção tinha cessado; nunca começara de fato. O monte Hood se elevava, rosado-pardo-violeta em direção ao céu de abril, que escurecia, adormecido. A montanha dormia.

Sonhava, sonhava.

Orr andou sem rumo, seguindo uma rua e depois outra. Estava tão exausto que, às vezes, queria deitar na calçada e descansar por algum tempo, mas continuou. Estava se aproximando de uma área comercial agora, chegando mais perto do rio. A cidade, meio destruída e meio transformada, um amontoado e uma confusão de planos grandiosos e memórias incompletas, enxameava como um hospício; incêndios e insanidades correram de casa em casa. E ainda assim as pessoas se ocupavam de seus negócios, como sempre: havia dois homens saqueando uma joalheria e, para além deles, vinha uma mulher segurando um bebê choroso com o rosto vermelho e caminhando, determinada, para casa.

Onde quer que ficasse.

11

A luz da estrela perguntou ao não existente: "Mestre, você existe? Ou você não existe?". Ela não obteve resposta para sua pergunta, entretanto...

CHUANG TSE: XXII

EM ALGUM INSTANTE DAQUELA NOITE, ENQUANTO ORR tentava encontrar, em meio ao caos dos subúrbios, o caminho para a Avenida Corbett, ele foi parado por um alienígena aldebaraniano, que o convenceu a acompanhá-lo. Orr o seguiu, dócil. Perguntou depois de algum tempo se era Tiua'k Ennbe Ennbe, mas não perguntou com muita convicção, e não pareceu se importar quando o alienígena explicou, com certa dificuldade, que George era chamado de Jor Jor e o alienígena se chamava E'nememen Asfah.

O alienígena o levou para seu apartamento perto do rio, acima de uma bicicletaria e ao lado da Missão Evangélica Eterna Esperança, que estava bastante cheia naquela noite. Em todo o mundo, os vários deuses estavam sendo requisitados, de forma mais ou menos educada, para uma explicação do que ocorreu entre as 18h25 e as 19h08 no horário padrão do Pacífico. Em uma doce contradição, *Rock of Ages* tocava a seus pés enquanto eles subiam as escadas escuras até um apartamento do segundo andar. O alienígena sugeriu que ele se deitasse na cama, pois parecia cansado.

— O sono tece o emaranhado novelo das preocupações — disse então.

— Dormir, talvez sonhar; aí está o problema — Orr respondeu. Havia, ele pensou, algo diferente na maneira curiosa como os alienígenas se comunicavam; mas ele estava cansado demais para decidir o quê. — Onde você vai dormir? — Ele perguntou, sentando-se pesadamente na cama.

— Não lugar — o alienígena respondeu, sua voz inexpressiva transformando as palavras em dois conjuntos igualmente significativos.

Orr se inclinou para desatar os sapatos. Não queria sujar a colcha do alienígena; esse seria o mínimo de retribuição por sua bondade. Ao se inclinar, ele ficou tonto.

— Estou cansado — disse. — Fiz muito hoje. Quer dizer, fiz uma coisa. A única coisa que já fiz na vida. Apertei um botão. Exigiu toda a força de vontade, a força acumulada de toda a minha existência, para pressionar um maldito botão de DESLIGAR.

— Você viveu bem — disse o alienígena.

Estava parado em um canto, e parecia pretender ficar ali indefinidamente.

Ele não estava parado ali, Orr pensou, não da mesma maneira que ficaria de pé, sentaria, mentiria ou existiria. Estava ali de pé do jeito que ele, em um sonho, poderia estar de pé. Estava lá no sentido em que um sonho está em algum lugar.

Ele se recostou. Sentiu a óbvia pena e a proteção compassiva do alienígena em pé na sala escura. O alienígena o via – não com olhos – como uma criatura efêmera, carnal, sem armadura, estranha, infinitamente vulnerável, à deriva nos abismos do possível: algo que precisava de ajuda. Ele não se importava. Precisava de ajuda. O cansaço se apoderou dele, tomou-o como uma corrente marítima em que ele estivesse afundando devagar.

— *Er' perrehnne* — ele murmurou, se rendendo ao sono.

— *Er' perrehnne* — respondeu E'nememen Asfah, baixinho. Orr dormiu. Sonhou. Não houve atrito. Seus sonhos, como ondas do fundo do mar, distantes de qualquer costa, vieram e se foram, ergueram-se e caíram, profundos e inofensivos, sem quebrar nada, sem mudar nada. Dançaram a dança entre todas as outras ondas do mar da existência. Durante o sono, as tartarugas marinhas grandes e verdes mergulharam, nadando com pesada e inesgotável graça através das profundezas, em seu hábitat.

No início de junho, as árvores estavam cheias de folhas e as rosas desabrochavam por toda a cidade, grandes e antiquadas, resistentes como as ervas daninhas. Eram chamadas rosas de Portland, flores cor-de-rosa em hastes espinhosas. As coisas tinham se assentado bastante bem. A economia se recuperava. As pessoas cortavam seus gramados.

Orr estava no Asilo Federal Linnton para Insanos, um pouco ao norte de Portland. Os edifícios, construídos no início dos anos 1990, ficavam em um grande penhasco com vista para os prados do Willamette e a elegância gótica da ponte St. John's. Ficaram extremamente superlotados no final de abril e em maio, com a epidemia de doenças mentais que se seguiu aos inexplicáveis eventos da noite que, agora, era chamada de "A Crise". Mas o problema tinha diminuído, e o hospital voltara à rotina normal e terrível da falta de pessoal e da superlotação.

Um atendente alto e de fala mansa levou Orr até os quartos individuais na ala Norte. A porta que levava àquela ala e as portas de todos os quartos eram pesadas, com uma pequena grade a um metro e meio do chão, e estavam todas trancadas.

— Não é que ele seja problemático — disse o atendente ao destrancar a porta do corredor. — Nunca foi violento. Mas tem esse efeito ruim sobre os outros. Nós tentamos colocá-lo em duas alas. Não deu. Os outros ficaram com medo dele, nunca vi nada parecido. Todos eles afetam uns aos outros e têm pânicos e noites eufóricas e assim por diante, mas não dessa forma. Eles estavam com medo *dele*. Ficavam arranhando as portas, à noite, para fugir dele. E tudo o que ele fez foi ficar deitado. Bem, aqui se vê de tudo, mais cedo ou mais tarde. Ele não se importa com o lugar onde está, eu acho. É aqui. — Ele abriu a porta e entrou no quarto primeiro. — Visita, dr. Haber.

Haber estava magro. O pijama azul e branco ficava pendurado nele. Seu cabelo e sua barba foram cortados mais curtos, mas estavam bem cuidados e limpos. Ele se sentou na cama e olhou para o vazio.

— Dr. Haber — disse Orr, mas sua voz falhou; ele sentia uma pena excruciante, e medo. Sabia o que Haber estava olhando. Ele mesmo tinha visto aquilo. Ele estava olhando para o mundo depois de abril de 1998. Estava olhando para o mundo erroneamente compreendido pela mente: o pesadelo.

Há um pássaro em um poema de T. S. Eliot que diz que a humanidade não pode suportar muita realidade; mas o pássaro está enganado. Um homem pode suportar todo o peso do universo por oitenta anos. É a irrealidade que ele não consegue suportar.

Haber estava perdido. Ele perdera a sintonia.

Orr tentou falar de novo, mas não encontrou palavras. Ele recuou e o atendente fechou e trancou a porta atrás dele.

— Não consigo — disse Orr. — Não tem jeito.

— Não tem jeito — falou o atendente.

Voltando pelo corredor, ele acrescentou em sua voz suave:

— Dr. Walters me disse que ele era um cientista muito promissor.

Orr retornou de barco ao centro de Portland. Os transportes ainda estavam bastante confusos; fragmentos, restos e inícios de cerca de seis diferentes sistemas de transporte público se aglomeravam na cidade. Reed College tinha uma estação de metrô, mas nenhum metrô; o funicular para Washington Park parava na entrada de um túnel, que ia até metade da passagem sob o Willamette e depois era interrompido. Enquanto isso, um sujeito empreendedor reformara um par de barcos que costumava fazer viagens pelo Willamette e pelo Columbia, e os estava usando como balsas em travessias regulares entre Linnton, Vancouver, Portland e Oregon City. Era uma viagem agradável.

Orr havia tirado uma longa hora de almoço para a visita ao hospital. Seu empregador, o alienígena E'nememen Asfah, era indiferente às horas trabalhadas e interessado apenas no trabalho feito. *Quando* a pessoa o fazia, isso era problema dela. Orr fazia uma boa parte de seu trabalho em sua cabeça, deitado na cama pela manhã, meio acordado, por uma hora antes de se levantar.

Eram 15h quando ele voltou para a Kitchen Sink e se sentou diante de sua mesa de desenho na oficina. Asfah ficava no showroom à espera dos clientes. Tinha uma equipe de três projetistas e contratos com vários fabricantes que faziam equipamentos de cozinha de todos os tipos: tigelas, panelas, acessórios, ferramentas, tudo menos aparelhos pesados. A indústria e a distribuição ficaram em uma confusão desastrosa por causa d'A Crise; o governo nacional e internacional fora tão afetado ao longo de semanas que o estado de *laissez-faire* tinha prevalecido forçosamente e as pequenas empresas privadas que foram capazes de continuar ou começar suas atividades durante aquele período estavam em boa posição. No Oregon, várias dessas empresas, todas lidando com bens materiais de manuseio de um tipo ou de outro, eram dirigidas por aldebaranianos; eles eram bons gerentes e extraordinários vendedores, embora tivessem que contratar seres humanos para todo o trabalho manual. O governo gostava deles porque aceitavam de bom grado as restrições e controles governamentais, já que a economia mundial estava se recompondo gradualmente. As pessoas estavam até voltando a falar sobre o Produto Nacional Bruto, e o Presidente Merdle previa um retorno à normalidade por volta do Natal.

Asfah vendia tanto no varejo como no atacado e a Kitchen Sink era conhecida por seus produtos resistentes e preços justos. Desde A Crise, chegavam ali cada vez mais donas de casa, remontando as cozinhas inesperadas em que se encontraram cozinhando naquela noite de abril. Orr estava olhando algumas amostras de madeira para tábuas de corte quando ouviu uma delas dizendo:

— Eu queria uma dessas batedeiras de ovos — e como a voz lembrou-o da voz de sua esposa, ele se levantou e olhou para o showroom. Asfah estava mostrando algo para uma mulher de tamanho médio, de pele marrom, com trinta anos ou mais, com cabelo curto, preto e crespo em uma cabeça bem modelada.

— Heather — disse ele, vindo para a frente.

Ela virou. Olhou para ele pelo que pareceu um longo tempo.

— Orr — ela falou. — George Orr. Certo? Quando eu te conheci?

— Em … — Ele hesitou. — Você não é advogada?

E'nememen Asfah estava parado, imenso em sua armadura esverdeada, segurando uma batedeira de ovos.

— Não. Secretária Jurídica. Trabalho para Rutti e Goodhue, no Edifício Pendleton.

— Deve ser isso. Estive lá uma vez. Você… você gostou disso? Eu desenhei. — Ele pegou outra batedeira de ovos do recipiente e mostrou para ela. — Bom equilíbrio, viu? Funciona rápido. Eles geralmente fazem os fios muito tensos, ou muito pesados, exceto na França.

— É bonito — disse ela. — Tenho um velho processador elétrico, mas queria isso pelo menos para pendurar na parede. Você trabalha aqui? Você não era…. Eu me lembro agora. Você estava em algum escritório na Rua Stark, e estava se consultando com um médico, em Terapia Voluntária.

Ele não tinha ideia do que, ou quanto, ela lembrou, nem como combinar aquilo com suas próprias memórias múltiplas.

Sua esposa, claro, tinha a pele cinza. Ainda havia pessoas cinzentas agora, em especial, disseram, no Oriente Médio e na Alemanha, mas a maioria do resto voltou para branco, marrom, preto, vermelho, amarelo e suas misturas. Sua esposa fora uma pessoa cinzenta, uma pessoa muito mais gentil do que essa, ele pensou. Esta Heather carregava uma bolsa preta grande com um fecho de latão, e provavelmente meio litro de conhaque dentro; parecia difícil. Sua esposa não era agressiva e, apesar de corajosa, era tímida. Esta não era sua esposa, mas uma mulher mais feroz, vívida e difícil.

— Isso mesmo — disse ele. — Antes d'A Crise. Tivemos… Na verdade, srta. Lelache, tínhamos um almoço marcado. No Dave's, na Ankeny. Nunca aconteceu.

— Não sou srta. Lelache, esse é o meu sobrenome de solteira. Eu sou a sra. Andrews.

Ela olhou para ele com curiosidade. Ele estava parado, suportando a realidade.

— Meu marido foi morto na guerra do Oriente Próximo — acrescentou ela.

— Sim — disse Orr.

— Você desenha todas essas coisas?

— A maioria das ferramentas e outras coisas. E as panelas. Escute, você gosta disso? — Ele puxou uma chaleira de fundo de cobre, maciça e, ainda assim, elegante, tão moldada pelas necessidades como um veleiro.

— Quem não gostaria? — ela disse, estendendo as mãos. Ele lhe entregou o objeto. Ela a ergueu e a admirou. — Eu gosto de coisas.

Ele assentiu.

— Você é um verdadeiro artista. É linda.

— O sr. Orr é especialista em coisas tangíveis — o proprietário se interpôs, inexpressivo, falando pelo cotovelo esquerdo.

— Ouça, eu me lembro — falou Heather de repente. — Claro, foi antes d'A Crise, é por isso que tudo está misturado em minha mente. Você sonhava, quero dizer, você achava que sonhava com coisas que se realizavam. Não era? E o médico estava fazendo você sonhar mais e mais e você não queria, estava procurando uma maneira de sair da Terapia Voluntária com ele sem ser punido com a Obrigatória. Veja, eu me lembro disso. Você já foi designado para outro psiquiatra?

— Não. Eu me livrei deles — Orr respondeu, e riu. Ela também riu.

— O que fez em relação aos sonhos?

— Oh... continuei sonhando.

— Pensei que você podia mudar o mundo. Isto é o melhor que pôde fazer por nós... essa bagunça?

— Vai ter que servir — disse ele.

Ele teria preferido menos bagunça, mas isso não estava em seu controle. E pelo menos ela estava na bagunça. Ele a procurara da melhor maneira que pôde, não a encontrara e se voltara para seu trabalho em busca de consolo; não dava muito, mas era o trabalho que estava apto a fazer, e ele era um homem paciente. Mas agora seu luto seco e silencioso pela perda de sua esposa devia terminar, pois lá estava ela, a feroz, recalcitrante e frágil estranha, para ser sempre reconquistada.

Ele a conhecia, ele conhecia sua estranha, sabia como mantê-la falando e como fazê-la rir. Ele disse finalmente:

— Você gostaria de uma xícara de café? Há um café aqui ao lado. É hora da minha pausa.

— Até parece — ela respondeu; eram 16h45. Ela olhou para cima, para o alienígena. — Claro que gostaria de um pouco de café, mas…

— Eu volto em dez minutos, E'nememen Asfah — disse Orr ao seu empregador, enquanto ia buscar sua capa de chuva.

— Tire a tarde — falou o alienígena. — Há tempo. Há retornos. Ir é voltar.

— Muito obrigado — disse Orr, e apertou a mão de seu patrão. A grande barbatana verde era fria em sua mão humana. Ele saiu com Heather na tarde quente e chuvosa de verão. O alienígena os observou de dentro da loja com fachada de vidro, como uma criatura do mar pode observar de dentro de um aquário, vendo-os passar e desaparecer na névoa.

1ª REIMPRESSÃO
Esta obra foi composta por Gustavo Abumrad em Caslon Pro
e impressa em papel Pólen Natural 70g com capa
em Cartão 250g pela Gráfica Corprint para
Editora Morro Branco em dezembro de 2022